# 女流

唐果 著

黄河出版传媒集团
阳光出版社

图书在版编目（ＣＩＰ）数据

女流 / 唐果著. —— 银川：阳光出版社，2013.12
（私享者丛书）
ISBN 978-7-5525-1157-4

Ⅰ.①女… Ⅱ.①唐… Ⅲ.①短篇小说－小说集－中国－当代 Ⅳ.①I247.7

中国版本图书馆CIP数据核字(2013)第307692号

## 女流

唐果 著

责任编辑　李少敏　谢　瑞
封面设计　千　寻
责任印制　郭迅生

黄河出版传媒集团
阳　光　出　版　社　出版发行

地　　址　银川市北京东路139号出版大厦（750001）
网　　址　http://www.yrpubm.com
网上书店　http://www.hh-book.com
电子信箱　yangguang@yrpubm.com
邮购电话　0951-5044614
经　　销　全国新华书店
印刷装订　宁夏报业传媒印刷有限公司
印刷委托书号　（宁)0013223
开　　本　880mm×1230mm　1/32
印　　张　5.5
字　　数　120千字
版　　次　2013年12月第1版
印　　次　2013年12月第1次印刷
书　　号　ISBN 978-7-5525-1157-4/I·405
定　　价　26.00元

# 目　录

# 一粒米写给一只老鼠的情书

亲爱的老鼠：

亲爱的老鼠，亲爱的？甚至你不知道我是哪粒米，我也不知你是哪只老鼠。

不过，既是我——一粒米给你——一只老鼠写信，应该是我向你坦白，我在的这户人家男主人叫曹国庆，女主人叫安小琴。他们结婚五年了，有一个三岁多的女儿叫佳佳。不知他们去哪里买回来一盘CD，里面有首歌叫《老鼠爱大米》，要说这首歌一点儿都不高深，不信我念几句给你听听你就知道啦：我爱你，爱着你，就像老鼠爱大米。听到了吧？里面有我——大米，还有你——老鼠，关键的问题是老鼠爱大米。爱，可是一个非常严肃的问题，现在上至七十岁的老妇、下至三岁的黄口小儿都知道：老鼠爱上大米了。嘻嘻，说白了就是你爱我。我从来不知道有一只老鼠如此爱我，不追究它因何生爱，所以呀，尽管我觉得作为一个女性，应该矜持些，不要随随便便给一位男性写信（更何况是男老鼠）。可是"爱"它抓住了我。也许只有我这粒米被抓住，但有什么关系呢？做一颗与众不同的米、敢于承受的米有什么不对吗？我觉得没有。所以我要给你写这封情书。

衷心感谢杨臣刚先生！虽然从男女主人的闲聊中知道杨臣刚长得很丑，像个大萝卜。那是2005年春节联欢晚会，杨臣刚作为网络歌手的代表出场，唱的就是这首《老鼠爱大米》，我听到电视里传出掌声，还有很多青年男女唱和的声音，可此可知，这首歌受欢迎的程度了。由此可以证明，老鼠有多么爱我——这颗大米了！

可是亲爱的，亲爱的老鼠呀，你在哪里呢？

女主人小琴提着菜篮子走进厨房，后面跟着她的女儿佳佳。小女孩儿走路轻轻的，即使蹦跳落地的声音也是轻轻的，经常我要费很大的劲儿才能分辨出来。不过也不难，女主人喜欢穿高跟鞋配套装，大概就是人们常说的"白领"吧，到家后她便换上拖鞋，做饭、洗碗、打扫卫生；男主人曹国庆的脚步很重，到家后就把皮鞋甩在门口，然后换上棉布拖鞋躺在沙发上看报纸。我是从他频繁翻报纸的沙沙声中猜到的，他看报纸很快，他是一个缺少耐心的男人。亲爱的老鼠，别以为他女儿走路轻悄悄的就很温柔，有时候她的尖叫声能把我从对你的思念里拉扯出来。终归是女孩子啊，她喜欢往厨房跑，有时候一个人会搭凳子爬上操作台。有一次她把酱油瓶打翻了，吓得大哭起来。泼洒的酱油顺着案板的边沿流下来，差不多要流到米柜里面了。我心想，我的白裙子得完蛋了。还算是幸运，男主人听到哭声冲进来，哄住了孩子，破天荒地，他还用抹布把地上的酱油全擦干净了。谁说男人懒得连酱油瓶倒了都不会扶起来呢？

接下来我该告诉你这只米柜了，就是我吃饭睡觉的地方。这只浅黄色的米柜是海豚牌的，一次可装一百斤大米。我便是一百斤中的一粒，总是处于最上面那层。看看，亲爱的老鼠，我运气不错吧？要等整柜米快完的时候，他们才能吃到我。你别小看这一百斤，城市人不比农村，城市人口少，三口之家，一百斤米，够他们吃上五六个月了。五六个月对你们来说是短，对我们来说就是长久啊，甚至可以用永恒来形容它。我已经在他们家两个月了，我的差不多五分之二的同伴已经进了他们的肚子。也就是说，无论是谁，怎么爱它们当中的一个，也见不到它们了。每一次女主人蹲在米柜前舀米我就心惊肉跳，我们的处境就像身处悬崖的人在慢慢地往下掉。女主人每做一次饭，我就往下掉一点儿。

有一天，女主人跟男主人商量说，我们经常去张浩家吃饭，是不是也应该请他们夫妻俩来我们家吃顿饭呢？男主人欣然同意。他很满意他的妻子，长得漂亮不说，还给他生了个活泼可爱的女儿，好厨艺进得了厨房，得体的打扮出得厅堂，更难能可贵的是，他们有共同的朋友们，比如张浩夫妇。

他们真幸福啊，亲爱的老鼠，你不知道我有多嫉妒他们。不是人家都在唱：我爱你，爱着你，就像老鼠爱大米！可亲爱的老鼠，你在哪里呢？你听到我的呼唤了吗？你知道我在为你流泪吗？你相信一粒米会为一只老鼠流泪吗？可是亲爱的老鼠，这一切全是真的。

自从听到他们要请客的消息后，我就无法入睡了，我多么希望漂亮的女主人能打消这个愚蠢的念头。他们为什么不像以前一样去饭店宴请他们的朋友，而非要在家里请客把一个干净整洁的家弄得乌烟瘴气呢？我不怕死，可我还没有见到你，在没有见到你之前我怎么能被人吃下肚子呢？从那以后，我对女主人每顿倒出的那一小碗米已经不那么在意了，而那不久的将来要面临的事情占据了我的心。我心里想着，既是宴请少不得十人八人，二三十人也是说不定的。

主人家也有一窝老鼠，它们住在我头顶的隔板墙里，我的主人曾多次追赶，可到最后它们都会聚集在那里。在不知道老鼠爱大米之前，对于过街的老鼠，我非常希望人们把它们赶尽杀绝，可是现在不同了，因为有一只老鼠爱我，所以我觉得老鼠的脑袋挺可爱的，而它的尖牙利齿无疑是勇敢的表现，喜欢深夜出动说明它们是不折不扣的不畏惧黑暗的地下工作者。这家老鼠的女儿要出嫁了，它们敲锣打鼓把它们的小天地弄得非常喜庆，想必这样的场面主人家五年前也曾有过，那个大红的喜字还贴在我旁边的冰箱上呢。毋庸置疑，老鼠女儿嫁的肯定是老鼠儿子，所谓"郎才女貌门当户对"说的就是它们。

可是我呢？我是一粒大米啊！虽然我穿着白裙子，身材窈窕、眉清目秀，远看像仙女，近看一颗米，可你是老鼠啊！假设我们双双走在大街上会刺激多少双眼睛啊？真不敢想。爱我的老鼠啊，你会想这些吗？就是我们的将来。我们有将来吗？甚至到现在我都不知道你在哪里。我知道，现在谈我们的将来是奢侈的。我在惶恐不安中过日子，我不分白天黑夜地想你，白天我想你想得起瞌睡，晚上我想你想得睡不着觉。

那一天终于还是来了，那是一个星期天，太阳早早地出来了，这些是我从被晒得发热的米柜外壳感觉到的。这一天他们谁都不睡懒觉了，男主人起床后先把女儿送到他的妈妈家，然后和妻子一起去菜市场买菜。那天的菜可真丰盛啊。亲爱的老鼠，我知道你们比米强，你们吃过很多美味，我敢说有一样东西你们没有吃过，就是女主人自己发明的一道菜，叫鸡肉卷大饼，做法我就不细说了，这道菜很快被主宾们一扫而光，往往东西太好吃就很难顾及你们的脾

4

胃了。有一件让我高兴的事,我必须得跟你说,开始我以为会来很多客人的,事实上客人只有夫妻俩,就是那天吃饭的人只有四个人。还有一点儿我那天才明白,我亲爱的老鼠,在那种场合米饭成了配角,不当主角当配角多么好啊,当配角意味着我可以在米柜里多待几天了。女主人一个劲儿地让客人多吃菜,男主人也一个劲儿地劝客人多喝酒,一杯接一杯。酒足饭饱,小琴收拾碗筷,张浩的妻子想去帮忙被她赶出了厨房。男主人意犹未尽,要去买一副牌来四个人玩,可男主人平时不管柴米油盐,不知哪里有卖扑克牌的。张浩的老婆吴珊便自告奋勇地与曹国庆同去,留下女主人小琴和张浩在家里,小琴洗碗客人站在一边看。这时候,男主人和女主人的对话把我从悲痛中解救出来。张浩说:"小琴,可惜你这双纤纤玉手啊,记得当时我们在学校读书的时候,我坐在你后面,我最高兴的事情就是看你举手回答问题,你举起的小手像一双精雕细琢的玉器。才几年哪,你的手却变成这个样子。"安小琴的手上沾满泡沫,转过头来看了张浩一眼:"张浩,你还记着这些?""不,小琴,我记得的不仅这些,记得当时我们坐在操场边的草地上,我跟你说我想和你在一起,可你不懂它的意思。""是啊,我当时是不是很傻!""不是傻,我没见过比你更纯洁的女孩子。可是后来……真是天捉弄人啊!""你们家吴珊不是挺好的吗,你们举案齐眉相敬如宾的。况且当时我不懂爱没有爱上你。""小琴,夫妻之间是不需要相敬如宾的!如果当时你嫁给我的话……"有脚步声从楼下传来,还有男女高声说话的声音,国庆和吴珊买扑克回来了。那天晚上他们玩得很晚才散。

我早就听到这首歌了:我爱你,爱着你,就像老鼠爱大米!可为什么现在才想起给你写信呢?那是因为我一直没有想到怎样把信传到你的手上。人类多好啊，他们写信后有邮递员送，有电报、电话、网络等等。而我呢只能写，就算写好了也不知如何把信送到你手里，漂流瓶不错，可是我又如何去海边，把瓶子放到大海里呢？尽管如此我还是写了这封信，我把希望寄托在你的同类——老鼠身上了。我是这样想的：我把写好的信放进米缸，假如老鼠来偷大米的话，它会看到这封信：如果它刚好是只善良的老鼠的话，它会帮我把信送到你的手上。希望渺茫啊，但是我会祈求，祈求老鼠快来偷米，就算把我偷了去也无所谓。而我头顶上的老鼠好像是窝圣鼠，它们只在主人家住，却不偷主人家的米，它们去邻居家偷米，在我头顶吃得"嘎嘣"直响。我替一些米感到幸福也替一些米感到悲哀，我是说假如吃它们的老鼠爱它们，那它们就是幸福的。

　　我的主人，他们吵架了，这是我来到他们家后从来没有发生过的。原因是在一次晚宴上张浩喝醉了指着国庆的鼻子说他不怜香惜玉，说如果国庆不心疼自己的老婆自会有人心疼。国庆当时就发火啦，说他家的事情不需要旁人来指手画脚，他老婆过得很幸福。国庆回到家，看到老婆又在厨房忙活，就大声吼道："你不想做事就闲着，何必到外人面前说三道四的？"小琴想，她操持一个家，一个回到家就把双脚跷到沙发上的男人还朝他发火。小琴满肚子的委屈一下子全爆发出来了："我嫁给你就因为我会生孩子能洗衣会做饭吗？会生孩子的女人多了去了，至于洗衣做饭你大可以请个保姆，干吗非要娶个老婆呢？你看你，一到家，像个老爷似的，你以为我在单位就不累就不受委屈啦？"国庆本来还想辩解的，可是话到嘴边又缩回去了。小琴说完就坐在沙发上哭，把个孩子吓得坐在沙发上不敢动弹。国庆这才发现是自己太过分了，想想以前他们恋爱那会儿也是甜蜜的，当时他给她买盒饭，甚至替小琴买卫生巾，一个未婚小伙子帮女朋友买卫生巾多少有点臊人。难道真如古人所言：从奴隶到将军？国庆于是把孩子抱在腿上，扳过小琴的肩膀说："对不起，亲爱的老婆，你实在是太好了，以后请你不要那么好，我的这些毛病不都是你惯出来的吗？以后你叫我干什么我就干什么，不让我干的我也会抢着干。"小琴做家务本没有什么怨言，让她生气的是他居然吼她。小琴听后破涕为笑，就坡下驴地说："那你去把垃圾倒了吧！"国庆于是拉着女儿的手，提着垃圾袋下楼去了。

　　一场风波就这样化解了，如果是我们将来能在一起过日子的话，亲爱的老鼠，你可别笑我啊，我是说的是如果，如果我们也像我的主人家那样磕磕碰碰的，你会向我低下你长着尖牙利齿的头吗？如果是的话，吵架无疑也是幸福的。说来也真奇怪，主人家自此以后就变得不一样了，女主人做饭，男主人就来厨房择菜，他们边做边说笑，有时候好像忘了还有个女儿。而他们的女儿佳佳自顾自地看她的动画片。

　　假如我们有孩子的话会是什么样子呢？是一粒洁白的米呢，还是一只硕大的老鼠？可不是我重男轻女呀，我更想要一只壮硕的大老鼠，跟你长得差不离。到那时候，父子俩一起唱：我爱你，爱着你，就像老鼠爱大米！我该何等幸福！我离柜底距离不远了，可是我还没有见到你呢！我亲爱的老鼠，亲爱的、亲爱的老鼠，你到底在哪只米柜里偷米吃呢？看来，我是注定得不到你的回应了。

　　唉！此致吧，敬礼吧！

一颗因爱而爱的米

2006年2月14日

# 你该有双什么样的人字拖

坐我对面的阿霞突然从纸堆里抬起头来，问道："果，你说我该有双什么样的人字拖？"和阿霞共事六年，我听到过无数她提出的奇怪的问题，可不知为什么，今天她却瞄上了人字拖。她也想要一双人字拖了吗？经常见人在你面前穿着人字拖拖来拖去的，难免产生试一试的念头。

人字拖是一种拖鞋，我们这里的人习惯称之为拖撒，对于这样一种司空见惯的拖鞋，阿霞怎么会当成一个问题提出来？而且她提问的时候煞有介事，漂亮的眼睛睁得大大的，双唇像搁浅在沙滩上的鱼的鱼鳃。我知道，这个问题折磨她也许不止一天两天了，否则她不会在如此繁忙的工作时间提出来。

此前我确实没想过自己应该有双什么样的人字拖，我不喜欢人字拖，没有缘由，也从来没有穿它的打算。而且我当时确实忙，于是我答应她晚上回家好好想想，明天一大早来告诉她答案。满以为这是最妥帖的答案，而且对于这么一个无聊的问题，如果不是因为阿霞提出，我懒都懒得理。阿霞看我继续埋头工作，便很失望，她叹了一口气，人便离开了办公室。

从阿霞的脚步声可以听出，她走过了拐角，出了门，走到走廊了，我不知道她要去哪里。或许去洗手间照照镜子、理理头发，或许就是去走廊尽头望望远处黑黢黢的山峦。如果不是阿霞喜欢穿高跟鞋，如果不是高跟鞋敲击花岗岩地板发出铿锵的声响，穿一袭黑长裙的阿霞在这幢楼里活像一个鬼。

我的确听到一位男同事这样说她，他说她前世肯定是某位达官贵人的小妾，被正房嫉妒，扢耳朵的官人无力保护，被赶出家门逼不得已投河自尽。不然那么漂亮的人儿为什么不会笑？记得当时我听到这话，立马狠狠地骂了那位嚼舌头的男同事一顿，我说他是吃饱了撑的，吃不着葡萄就说葡萄酸，闲得无聊编这样老套的故事来数落阿霞，真不像个男人。当天我就问阿霞她为什么不爱笑？她说："有什么好笑的呢？不好笑而笑你以为我真傻呀？"

阿霞的高跟鞋把地板敲得"邦邦邦"地响，我知道隔壁坐于窗边的男士忍不住会从办公桌上抬起头来，我知道他们看到的风景是这样的：阿霞高高的胸脯微微颤动，像两座侧倒的平行的山丘被波涛推操着，而且它们从来都不在哪片海岸停靠。

一踏进家门我就想到阿霞的问题了，我是个认真的人，我答应明天早上给她答案，那么接下来的一个晚上，我将被这个问题拖曳着在黑夜里沉浮。

是啊，她究竟应该有双什么样的人字拖呢？

对于一个家庭主妇来说，在开始思索重要问题之前还有些家务要做。我把电饭锅里的饭舀进蒸笼，把大碗里的鸡肉腾到小碗里并置于饭上，从冰箱里拿两个鸡蛋在水龙头下洗净放进电饭煲，这些是我的晚饭。打开冰箱，从冰箱里拿出一个已经开始变黄的黄瓜，记得我在菜市场看到它时它是多么娇嫩，我偷偷地掐了其中一根，它立马就出水了。真没想到，在冰箱里也是一个样，比吊在藤上还老得快。我洗净黄瓜削去两头，咬下一口，黄瓜有点苦，经验告诉我黄瓜能治便秘，此刻我需要它。

一本书经常往返于卫生间和客厅之间，已经奔波得不成样子了，这是本我喜欢的书，出于对它的怜悯，我决定去另换一本。我咬着黄瓜，拿着它来到楼上，在打开书柜门的时候，我又想，如果换一本书的话，另一本书也会有同样的下场，按照老前辈的牺牲我一个幸福千万人的处世准则，我决定继续牺牲它，于是我又把它拿下来。我提着装洗衣粉的小桶去阳台，昨天孩子把一大堆脏衣服丢里面了，再不洗它们该有味了。我先把洗衣机的进水管接上水龙头，舀了两勺洗衣粉放进去，摁动启动键，想着一小时后便可以拿衣服出来晾了，我的心情便出奇地好。于是我啃着黄瓜，扶着栏杆欣赏起远处的风景来。

听说中国南方发大水，我们这里却没有，所以我喜欢雨，它不但把植物喂得饱饱的，而且还把它们的叶片洗得干干净净的，阳台几天不打扫，也不怎么见灰尘。远处有绝佳的风景，用青翠欲滴来形容也不为过，要不是远处田野上有几条纵横交错的电线和无数根顶着电线的杆子，我可能不会那么快从楼上下来。每当这时候，我就恨不得把电线杆放倒，把电线丢进芒市大河，让电线从芒市大河滚到瑞丽江去，从瑞丽江滚到伊洛瓦底江，又从伊洛瓦底江滚进印度洋，最后被凶残的鲨鱼吞下肚子。

嗯，黄瓜终于被我解决了，现在我可以安定地坐在沙发上想想关于人字拖的问题了：你究竟应该有双什么样的人字拖？人人人……字字字……拖拖拖……

我听说一位农村孩子报名参军，去医院体检，体检完医生在填写体检报告时不无忧伤地看着他的双脚，他因为家贫从穿鞋始就只穿几块钱一双的人字拖，硬生生把一双小巧的长条面包脚穿成一双扫把脚。出于对穷人的怜悯，体检医生想到了假如孩子在部队提了干，他这双脚如何塞得进铁皮一样硬挺的军用皮鞋？为此削足适履对他的家庭来说岂不是雪上加霜？出于好意（当然他没把他的好意告诉他），体检医生在他的体检表备注栏里写下了："心律不齐，不宜剧烈运动。"

阿霞，你窈窕的身姿、拖地长裙、高耸的胸脯配上一双扫把脚有多可笑！


在芒市、瑞丽、缅甸边境的小镇上，随处可见夹着人字拖的人，黑色的或褐色的开裂的脚后跟，走过水泥路面，路面发出"嚓嚓嚓"的声音，走过土路，就扬起一路灰尘，就像每人拖着一根鞭子。我老想着他们绝尘而去的豪气，可还是因为那双人字拖，他们步履艰难。

阿霞，你可曾见过像你那般纤细白皙得像被裹脚布裹着成长的脚吸着人字拖？我想起有一天我在瑞丽街上见到一双人字拖，半高鞋，红绒布包裹，人字上镶嵌着几颗闪闪发亮的珍珠，那是我见过的最漂亮的人字拖，但它同样不适合你。我不希望你有一双扫把脚，与三寸金莲相比，你算幸运的了，虽然高跟鞋会磨破你的脚后跟，狭窄的鞋尖会挤扁你的脚趾，脚趾上的鸡眼遇热就奇痒难忍。但如果你脱掉袜子，把脚伸到八九十岁的老太太面前，她肯定会惊叹你这双天足，又庆幸你晚生了几十年，不然她会把年近三十漂亮得像仙女一样的你至今尚待字闺中的罪过归于你这双大脚。

明天，我该如何说服阿霞打消要一双人字拖的念头？以我对阿霞的了解，这个问题比阻止她一个人去危险的地方旅游还难。但我是个喜欢挑战的人，我想试试。

# 野菊花

　　这一带有很多这样的山沟，不知这户人家的祖先是怎样找到这里的，又是什么原因促使他决定把家安在这里。一左一右的两条路被踩得平整如机器压过，路边的草枯了又长、长了又枯不知多少载。连通这户人家的有三条路：一条他们称为去路，去路的一头连着通往镇上的大道；一条称为来路，来路通到山里，这户人家干活儿、上山砍柴都由此路去；一条路通到屋后的小道，小道上串着无数住在山沟里的人家。这三条路都是人踩出来的土路，一下雨就容易滑倒，实在没法行走，这户人家的女主人就会把灶灰担出去倒在路上。

　　照说这里算不得是风水宝地。屋后的缓坡只占到一半，往上就是陡峭的悬崖了，通向其他山沟的路就在悬崖下边。左右两边的山坡像两只骆驼，坡度皆在七十度以上，在坡上种庄稼只有靠挑水上去才行。前面是一块稍微平缓的土地，这户人家已经把这块土地改造成几十块形状各异的梯田。前面也是一座大山，山下有一条河，去镇上的大路就修在河堤上。一到街子天，这条路上的行人便络绎不绝，遇上挑担子的人多，空手走路的人还得侧着身子。

　　两间瓦房建在山沟的最里面。有了第一个孩子后，男主人在正房的左边搭了一个偏房，偏房的柱子是几根松树，顶上铺稻草。后来有了第三个孩子，男主人又在正房的左边搭了一间相同的偏房。因为房子建在山沟里，大风吹不到，所以这稻草搭建的房子挺牢靠，直到我出生，左边那间偏房还稳稳地立在那里。

我出生的时候，大姐六岁，二姐四岁，三姐两岁。

我是在父母毫无思想准备的情况下出生的。

妈妈系着围腰忙碌着准备一家人的午饭，她坐在竹凳上，弯腰把削过皮的山药砍在盆里，准备煮山药稀饭给大家当午饭。

对于肚子的疼痛她一点儿都没在意。她想，离孩子的出生还早呢，肚子疼也许是因为吃坏了肚子。直到热乎乎的液体从她的下身喷出来，她才想到：这小四要提前来到人世了。

一方面，她差父亲去请山那边的接生婆；另一方面对我的三个姐姐扯谎，说是山那边的二婶子让她们去吃糖，二婶赶场回家了，买了很多水果糖回来邀她们去吃。那时候，糖果对山里的孩子有无限诱惑力，为了争糖吃，几个小姐妹吵得不可开交的事情也时有发生。开始大姐相信了，每次妈妈赶场回家或多或少都会买几颗水果糖回来安抚她们，二婶赶场回家叫她们去吃糖也是入情入理的事。于是她去箩筐里挑了一件干净的衣服换上，兴高采烈地领着两个妹妹往二婶家赶。

刚出门，二姐就开始算计她能吃到几颗水果糖。她忍不住，高兴地问大姐："大姐，你猜我能吃到几颗糖？"

大姐歪着小脑袋，装作深思熟虑的样子，想了想说："大概两颗吧，不会超过三颗吧，要是有四颗就太好啦。"想到她们有可能吃到四颗糖她们就非常兴奋。

走到半路，大姐想想不对，好像妈妈昨天才去赶场，二婶怎么今天又去赶场？难道是妈妈骗她们？但妈妈为什么骗她们呢？大姐想回去看个究竟，她实在想不通一向疼爱她们的妈妈居然忍心骗她们，于是她自作主张地把二姐、三姐都带回来了。她让二姐、三姐躲在屋前的干沟里不要出声，她一个人摸回家探探虚实，向二姐、三姐许诺把看到的事情都告诉她们，我的二位姐姐这才乖乖地听她的安排。开始三姐还不干，非要跟着她回去，大姐就吓唬她，说妈妈知道她们偷偷回来会打屁股的。

　　大姐一个人摸回家，她惊飞了院里的大公鸡，但大人们都在忙活谁也没在意。大姐躲在门边，忍不住时就伸头进去看看。于是，大我六岁的大姐就目睹了我的出生。以致后来我跟她争抢什么的时候，她最爱说的一句话就是，还跟我抢呢，你还是我看着出生的呢。

　　灰盆里的灰完全凉透，被接生婆拨得松松的，一切就绪之后，接生婆让妈妈蹲在灰盆上使劲。真如那可恶的接生婆说的，比鸡下个蛋还容易，不一会儿就听到我的哭声了。妈妈急切想知道我的性别，不顾我的脐带还连在她身上，她撑起身子扒开我的小腿看我是男是女。接生婆说："是个女儿呢，你又多了一件小棉袄。"我妈妈说："我有四件小棉袄了，估计孩子他爸会嫌穿着太热了。"接生婆笑（鬼才知道接生婆因何发笑）。妈妈叹了口气，接着又俯下身子看我，虚弱的慈祥的目光，让像只小老鼠的我很受用，"这老四比她三个姐姐都要漂亮。"躲在门后的大姐不以为然地噘起小嘴，心里头嘀咕："丑死了，跟个小猫似的。"提前出生能好看到哪里去？全身通红、皮肤发皱、沾满血丝，如果戴上假发都赶上八十岁的老奶奶了。

几天以后，我们这里下了好大一场雪，白茫茫一片，辨不出哪是路、哪是田埂，哪里种土豆、哪里种麦子。杉树上堆积着厚厚的雪，尖尖的树顶和像针一样的叶子全被雪盖住，稍有风吹草动，雪就直往地上掉。"大雪压青松，青松挺且直。"挺直的何止是松树？在我家旁边的山坡上，除庄稼之外，所有被雪压住的树都挺直身板。都说雪落无声，但是从树上掉下来的雪把地上的雪击打得"噗噗"直响，像有人在闷声发笑。

我家屋后有好大的一片毛竹。秋天，竹叶子漫天飞舞，叶子飞过屋顶，有些叶子居然飘进了屋子，那时候我就想，这竹子栽了有什么用呢？害人不停地替它扫叶子，挺讨人厌的。可我出生了，下雪了，爸爸无法出去干活儿，他就把落满灰尘的篾匠用具全套搬出来，抖去灰尘，摆在一张桌子上。

毛竹叶子像扫帚挂在空中，积雪在上面待不住便全掉在地上，竹子的根脚被雪遮住了好大一节，所以砍毛竹之前要先用锄头刨去积雪才行。树枝剔在屋后的竹林里，毛竹被拖进家门，土院坝被拖出一条弯弯曲曲的沟，像蟒蛇刚刚爬过的样子。

爸爸又要编箩筐去卖了。搁置几年的篾匠活儿在爸爸手里显得生疏，编第一个箩筐底时，篾片还划破了他的大拇指，鲜血从他红润的大拇指淌出来，有点吓人。爸爸把大拇指含在嘴里吸吮，像吐痰一样把血和口水吐在地上，说也奇怪，鲜血很快就止住了。大雪停止，雪在阳光下悄无声息地融化的时候，篾片已经在爸爸手里如飞般旋转起来。

泛着竹子香味的箩筐在我家堂屋摆成一溜，无形中三个姐姐又多了一样玩闹的工具，一人顶着一个箩筐从堂屋跑到偏房，跑到我睡觉的屋子。我会循声找她们在哪里，老实说，我知道我的姐姐们在打闹，可她们跑得太快了，我的眼睛还跟不上她们活动的步伐。有一次三姐在我面前摔倒了，妈妈又恨又爱地把她扶起来，转眼三姐像个调皮的家雀不见了。调皮的三姐甚至会扳倒箩筐，一个人爬进去，有一次爸爸在家里遍寻不着，还是妈妈把她从箩筐里揪出来，顺势打了她屁股。

三姐不知道她犯错误，把妈妈轻轻拍她的那两下子想得太严重了，或者她不知道，让父母担心也是不对的，不让父母知道你的平安也是不对的。

三姐对妈妈拍她那两下不依不饶，坐在堂屋撒泼，头抬得高高地仰望屋顶，眼泪顺着她的脸颊流下来，一会儿三姐就变成花猫脸了。奇怪她哪儿来那么多的眼泪，是不是她的眼睛里长着泉眼？

爸爸听得不耐烦了："别号了，天都要被你叫通了，这雪才停下来，你再叫的话又该下雪了。明天我去赶场卖箩筐，你也跟我一起去吧。"

为了称头，爸爸把二姐也带去了。积雪消融，道路泥泞，二姐、三姐跟爸爸去赶街是冒险的行为，可大姐不这么想，她哭着追了好远，妈妈拖着虚弱的身体追了半天才把她追回来。

妈妈背姐姐回来的路上摔了一跤，摔得一身泥。这时候妈妈换衣服还不需要背着我们，我便看到妈妈的乳房，那么圆满，微微下垂。而我吸奶的时候，妈妈的乳房像两个柔软的馒头悬挂在我的额头上，任我怎么推也推不开。这件衣服上不但有奶腥味，还有烤山药的味道——都是我熟悉的味道，闻着就想睡觉的味道。

妈妈为了安抚哭泣的大姐，说："去赶场的路上有大灰狼，我遇着过好几次，我们和妹妹在家，让他们给大灰狼吃了算了。"

大姐这才停止哭泣。来到我睡觉的床边，大姐想抚摸我的脸，妈妈就拿着她的手，轻轻地擦我的脸蛋儿。妈妈说："妹妹还小，摸重了她会哭，你刚生出来也这样，当姐姐的要有当姐姐的样子。"

姐姐把这些话谨记于心，而且起到了模范带头作用。二姐、三姐有时候也想摸我的脸蛋儿，大姐就会把妈妈说过的话复述给她们，所以我的三个姐姐在尚不懂爱的情况下，先懂得了轻轻摸我的脸蛋儿。

在家里我是老小的，俗语说："皇帝爱长子，百姓爱幺儿。"所以照理我应该得到更多的宠爱。可三个月以后，我染上一个坏毛病，每到夜深人静的时候，我就开始号哭不止。

妈妈翻几座山请来仙姑，杀死一只大公鸡，买了一扎草纸以供仙姑作法。鸡血滴在碗里，草纸点燃烧成灰，把灰烬与鸡血拌匀，仙姑端着拌着纸灰的鸡血，绕我家房子跳，边跳边往墙根撒鸡血，嘴里还念念有词："大仙啊大仙，小仙啊有请，你快啊下凡，收回啊哭宝。"完事后，妈妈去快见底的米缸里舀了两口缸米倒进仙姑的大口袋，把她送到山梁妈妈才折回来。

好像我存心跟仙姑作对似的，当晚我越发哭得厉害。先是惹恼我父亲，他卷着铺盖到堂屋打地铺去了。三个姐姐把烂棉絮从又黑又厚的被子里抠出来，塞住自己的耳朵。这主意是古灵精怪的大姐想出来的，本来就很破烂的被子被她们三个天天抠、天天抠，烂得更加不成样子。

没有人让我哭，我却没心没肺地哭了很久，当全家人打算任由我哭下去的时候，我却莫名其妙地停止了哭泣。

妈妈一早就下地干活儿了,我被托给大姐照管。大姐贪玩,把我的摇窝用一根篾片拴在柱子上就领二姐、三姐去屋前的田埂挖草根去了。一只狗跑进家里,来到我的摇窝前摇尾巴,那时我还不知道狗摇尾巴是友好的表示。我吓得大哭,把大黑狗吓得夹着尾巴逃跑了。好在是它被吓跑了,在这山沟沟里,经常有这样的事情发生:某家的孩子被野狗吃得只剩骨头,某家的孩子又被家里饥饿难耐的猪连皮带肉吃得连骨头都没留下,挺吓人的。

妈妈回家拿种子,看到大黑狗跑出去,赶忙来屋里看我,看我好好地躺在摇窝里才放下心来。妈妈去院坝把姐姐们喊回家,还给我大姐头顶一个"拽梨子"。

从那天起,大姐从心里恨上我了,因为她总是为我而挨父母的打骂,二姐、三姐是大姐的小跟屁虫,大姐不拿正眼看我,她们俩也很少挨近我的边。

我心里是有担忧的,虽然我不懂得她们心里在想什么,但是我知道她们不像以前爱我了。我不知道这样被姐姐们仇视的日子要持续到什么时候。

妈妈抱着我在院坝里晒太阳,阳光很温暖,小小的我被裹在抱被里,躺在妈妈的腿上,仰起头接受太阳的照耀。我大笑起来,手脚居然冲破抱被的束缚,手舞足蹈起来。我笑得咯咯咯的,妈妈索性把我举过头顶,她的手抓住我的腋窝,我笑得更欢了。我的笑声先是把跳橡皮筋的二姐给吸引了过来,接着绷橡皮筋的大姐、三姐(可怜我小小的三姐,那么小也得绷橡皮筋)也甩掉橡皮筋跑过来,她们围着我神情诧异地看着我。妈妈说:"我们是一家人,等妹妹长大些也跟你们跳橡皮筋去。"像是讨好我的姐姐们似的,我把头转向我的姐姐们，一人给她们一个灿烂的笑。她们又来摸我的脸，让我高兴的是她们还没有忘记妈妈的教诲，她们摸我就像抚摸刚出生的我。

天一晴爸爸就特别忙，因为有几张嘴挂在他裤腰带上向他要吃的。基本上早上爸爸出门的时候我还在梦里，他中午回家吃饭我又在睡午觉，晚上当月亮带着星星们去赶天上的街子的时候爸爸才从田里回家。夏天真是热得要命，睡在凉席上我的身上还是长满痱子，妈妈去找艾叶来帮我洗澡也不顶事。中午雷打不动地，就喝稀饭了，稀饭都是经过冷水冰过后才吃的，但我年纪尚小，妈妈拿温稀饭喂我。三个姐姐总是和爸爸一起吃饭，我知道摆在桌上的还有沾满红辣椒的萝卜干。他们把稀饭喝得稀里哗啦的，就甭提让躺在床上乱翻动的我多羡慕了，我曾经从床上翻到地上，摔得大哭。

到我三岁上，就成天跟在姐姐们的屁股后面，不让跟我就撒泼，一屁股坐到地上，把土院坝搓出一层泥来。人小常受支使，比如倒水啊，拿刀子啊，偷妈妈的腌肉吃啊，等等。

大姐终于上学去了，背着绣着红五角星的黄书包，在我们三姐妹的目送下，骄傲地向学校走去。大姐不像以前一样陪我们抓石子、跳橡皮筋了。往往在这些活动中，三岁的我尚属于"搅屎棒"的角色，常被打手或者被轰出去。娱乐活动越来越少，因为打猪草、做饭差不多已经被我的三个姐姐承包下来。

五岁的我开始真正觉得孤单起来，连三姐也上学去了。我只好跟着父母早出晚归，我唯一觉得有点意思的就是在田埂上捉蚂蚱，掏蚂蚁洞，扯芨芨草，挖草根嚼。芨芨草酸酸的，别看草上长着划拉人的小锯子，可草根却很甜，越细的越甜，粗的汁水多但味淡。

姐姐们中午放学后各有事情做，大姐在家做饭，二姐、三姐背着背篓去打猪草，背篓装满就回家，那时候姐姐的饭也做好了。吃完饭爸爸妈妈又出去干活儿，二姐、三姐洗碗，大姐喂猪。十一岁的大姐俨然是一管家婆，家里的事几乎都让她管完了，假如有哪个姐姐不服从她的分派，那她的屁股可就要遭殃了。五岁上我就知道烧火、扫地了。姐姐炒菜我烧火，但是毕竟我年纪太小，我烧的火总是浓烟滚滚，害得大姐在灶台后直淌眼泪，用沾满锅灰的手擦眼泪，锅灰又沾得满脸都是。妈妈就说大姐，做事不清爽，都十一岁的人了。

妈妈教我怎么样烧火，她说要拣干透的柴放进去，而且要把灶里的灰掏空。我照她的话做，果然烟子不如先前那样浓烈，没有烟尘那绝对不可能，而且奇怪的是，姐姐站哪边烟就朝哪边跑，我二姐说："这是烟熏勒尿包。"我扫地也是很马虎，通常只扫空处，那些被桌子、凳子、猪食桶占住的地方就不扫，常常是我扫过的地儿大姐还要返工，她也有她的说场，说我是"人生得奸，扫地只扫中间"。大姐越来越有大姐的样子了，为此我感到高兴，心想着我也快点长到七岁吧，我是最小的，三个姐姐都是九岁上学，我大概到七岁上就可以上学了。

晚上姐姐们有作业要做，妈妈有鞋底要纳，爸爸要编笒筐要喝老茶吸土烟。姐姐们挤在一张桌子上做作业，每有吵闹声传来，但会很快消散于妈妈的呵斥声中。妈妈没读过书，只读过几天书的爸爸自是辅导不了姐姐们，大姐无形中兼任起家庭教师的角色。我觉得姐姐太了不起了，好像无所不能的样子，要是她不会哭鼻子的话简直就跟妈妈差不多了。

三个姐姐中，二姐的学习最差，她的班主任老师有一次在路上遇到爸爸，还向爸爸告状呢，我爸爸回到家就狠狠地抽了二姐两刷子。二姐哭得可伤心了，第二天死赖着不去上学，说她学习不好还是在家跟父母一起干活儿算了。爸爸又操起棍子了，妈妈眼看势头不对，就强拉着二姐，把她拉出了家门。

我们家堂屋前有两个石凳子，石凳子夏天坐着倒舒服，可冬天坐上像针扎似的。我爸爸有一个像屁股墩一样的草垫子，一到冬天他就会把那草垫子放上去，爸爸坐在那里或拿着篾刀，或吸着烟袋，别提有多优哉游哉的了。看爸爸吸着土烟望着远方那股神情我就想知道，坐在他那个位置到底能想到什么看到什么呢？趁爸爸不在，我把他的烟袋偷出来，坐在堂屋前的石凳上，我坐在石凳上脚尖够不着地，老实说一点都不舒服。学他的样子点烟，我试了几次都没有点着，想起爸爸"吧嗒"嘴是不是我也得像他那样才行。土烟点着了，烟顺势冲进我的喉咙把我呛得直咳嗽。在烟雾氤氲中，我看到我们家屋前刚犁过的水田，一丘丘狭长的水田连接到山坡脚下，像弯弯的月亮铺满了大地，而在远方，黑黝黝的山坡堵住月亮的去路。天渐渐暗下来，远方山坡鬼魅的影子不见了，眼前无数弯月亮一个接一个地显得更明亮了。尽管远处的山被黑暗完全遮住，但我知道，那里有一条路，起点是我们家的土院子，路的那头是一个集市——妈妈经常往返的地方。那里有卖水果糖的，有卖泡粑的，有电影院和楼房，这些是妈妈跟我说的。妈妈每次出去都挑着沉重的物件，要不然我早闹着跟妈妈去了。我有点羡慕我三个姐姐，她们三个都去过，说要走好久好久的路才到，我这小不点儿就别想了。她们不让我想，我反而想得更厉害。

八月割谷子，我敢说那是一年中我父母最高兴的时候。妈妈的白衣服变黄了，爸爸的衣服已经分不出是啥颜色。汗水顺着他们的额头淌下来，有时候他们都顾不得擦擦脸上的汗水。

可我帮不上他们，看到黄澄澄的稻草我也很兴奋，因为我们很快就不用顿顿吃稀饭了。无意当中我发现有遗漏的谷子，出于好玩，我拿着谷穗去到爸爸打谷子的木桶前，像他一样把谷子打在桶里，这样却得到了爸爸的表扬，于是我又有一件事可做，就是跟在他们后面捡谷子，或者说跟小鸟抢粮食。它们不是我的对手，我一走过去，它们就逃得远远的，有些逃到别人家的田里，有些逃向天空，那是我永远也够不着的地方。别人田里的谷子也有落下的，但是不多，总比没有强。妈妈说，像我这样捡谷子，捡到的谷子赶我一天的口粮也够了。也就是说在五岁那年仅有的几天时间里，我是在自食其力了。

我们家的稻子很快就要割完了，余下的都是些长势不好的。父母收割的速度慢下来，可供我捡的谷子也越来越少。有一天学校的老师在田里找到我的父母，这个老师我爸爸从没见过，他自我介绍说他是姐姐学校里既教美术又教音乐还教体育的老师，他让我们去学校一趟，我二姐于淑琴在学校出了一点事情，"一点"他说得特别重。那位老师走得很急，来到我父母前面老半天了还在不停喘粗气。看出得他在强压心里的不安，他说的话是抖出来的。爸爸问他发生了什么事他又不说，让我们去学校就知道了。我也得跟着去，爸爸嫌我走得慢一把把我揪到他的背上。我嗅到他身上浓浓的汗味，让我不得不把脸摆朝一边，他的背太像老水牛了。他走得很快，有几次我都觉得我快掉下去了。感觉立刻就快要掉下去的时候，他又会用手托托我的屁股墩。我借势向上爬，紧紧地扳着他的肩膀不放，我扳着他的肩膀很费劲，一会儿又往下掉了。回头找妈妈，妈妈和学校老师都小跑着跟在爸爸的后面呢，她拼命咬着嘴唇，我感觉她就要哭出来了。

学校建在一个山梁上，每一个去学校的人都要爬到喘粗气才能看到它的真面目。我不能理解的是，我们这里的庙也是建在山上的，为什么学校也要建在山上呢？学校和庙宇有什么关联呢？我父亲背着我，爬坡也非常快，那个戴着小眼镜的老师离我们有好大一截，妈妈就快追上我们了，我居然没有发现妈妈走路有这样快。山坡上有一个操场，破旧的篮球架歪斜地架在操场两头，这空地一点操场的样子都没有。红色的土地凸凹不平，许是经雨水冲刷又经学生们经年累月的踩踏而成。那圆滚滚的篮球在这样的操场上怎么打？假如篮球掉进某个坑里就没法再动弹了。操场上一个人都没有，爸爸顺着操场的边沿往教室走，下一个小坡就看到一排青砖砌成的房子，屋子里静悄悄的，人群的嗡嗡声从另一个方向传来。房顶的瓦片碎得厉害，姐姐们在这样的教室里上课，免不了是会淋雨的吧？坡上有花椒树，树枝把路都占去一半，斜伸的树枝都快挂着我乱哄哄的头发了。花椒树过去依次有李子树、桃子树、橘子树，再往后是什么树我已经分辨不出。姐姐她们学校真好，不但可以读书还可以吃到桃、李子、橘子等，连非常稀罕的石榴也有。想想不久以后我也该来这里，和姐姐们一起读书了，我就高兴得想让爸爸把我放下来。

老师和妈妈从坡上下来的时候，爸爸正背着我穿过一间教室。人全部聚集在这间教室的后面。这也是一个小小的狭窄的操场，有一回妈妈让我去学校找二姐我就是在这里找到她的。操场上挤满了人，看样子全校师生全聚集在这里了。爸爸把我放下来，自顾自地朝人群挤去，我个子小，挤进去一点都不费劲。

我看到大姐和三姐了，大姐和三姐在抱头痛哭，旁边老师和同学在安慰她们。我的二姐，天啊，我的二姐躺在地上，全身沾着血和泥巴，面容因为沾上泥土，已模糊不清，蓝色花布衣服和蓝布裤子都撕烂了，好像刚跟泼妇打了一架。这还是我的二姐吗？出去时干干净净的，穿着用妈妈的旧衣服改成的衣服高高兴兴地上学去。临出门时她还跟我说："小四，姐姐上学去了，等姐姐回来我们一起去打猪草挖山药吃。"一个老师（也许是校长吧？）举起双手说："同学们都回教室上课，她的家长到了，我们会一起处理这件事情的。"同学们不听他的，继续簇拥着我们一家子。

爸爸蹲下去拨开遮住二姐脸庞的头发，浑身发抖。我听到他"呜呜呜"的，又见他去拉二姐的手，二姐没有反应。爸爸开始是哭，周围都安静下来，只听见我父亲在"呜呜呜"地，一声比一声高，一声比一声空。有人跟他唱和了，不用说那是妈妈，妈妈是用"啊"来回应他，一声"啊"后要很久时间才能听到第二声。我一个人"嘤嘤嘤"地哭，没有谁来抱我，那一刻我觉得自己孤单极了。许是觉察到我的孤单，一个年纪稍大点的学生把我搂在怀里。我的眼泪掉在她的肩膀上，跟下小雨似的。

我们都只顾伤心了，而且小小的我以为，人没有了呼吸就是死了，死了就是埋进土里，然后不知变成什么样子。反正从此以后，她再也不会跟我争吃的，也不会抚摸着我的头发说："小妹妹又长大了一点点。"爸爸抱着她又抖又揉，平常人这样抖动早就被他抖晕了。但爸爸仍然没有停止，直到旁边有人惊呼："她好像醒了，她真的醒了。"爸爸松开紧抱二姐的手，看了二姐一眼，在确认二姐确实醒了之后，他咧开嘴笑了，脸上仍然挂着泪珠儿。这时候大家手忙脚乱起来，爸爸脱下衬衣盖在二姐身上，校长提醒说快送乡卫生院，熟识二姐的同学都叫着二姐的名字。

接下来在场所有人都听从了爸爸的安排：他跟妈妈和班主任老师一起送二姐去医院。突然有人轻轻地问了一句："你们身上带的钱够吗？"爸爸妈妈这才想起掏掏裤兜，从父母身上共搜出十几块零散的、揉得皱巴巴的钞票，这些钱显然是不够姐姐看这么重的伤的。不知道是谁开始往爸爸手里递钱的，陆陆续续有人跟着递给他几角、几块，班主任老师也从包里拿出二十块钱递给爸爸，说先拿去给二姐看病。

爸爸光着上身背着二姐在前面跑，比来学校背我时轻快得多，老师和妈妈在后面紧跟着，其速度不亚于短跑比赛。从学校到乡卫生院有十几里路，他们跑得快也得一个多小时，好在二姐知道喊疼了，一声比一声高，跑出老远我还能听到二姐喊疼的声音。

以我对医院的了解，像二姐这么重的伤势，二姐到医院先得进行检查，打吊瓶是肯定的了。说起吊瓶，我记得有一次，我眼皮上长了个包，不算大，但压得我睁不开眼睛。妈妈带我到医院，割的时候不但打了麻药，割完之后还打了吊瓶，在我的印象中，吊瓶是重症病人才用的奢侈品。而我只是因为割了个小小的包，父母就舍得花大价钱给我打吊瓶，足见他们对我的重视和爱。以父母对姐姐的爱，打吊瓶是必须的，为了哄她咽下苦口的良药，妈妈还会去给她买泡粑。想到泡粑我就忍不住淌口水，泡粑是多么诱人的一种美食呀，雪白的、松软的、香甜的，在泡粑的正中，还有一颗像美人痣一样的圆点。

二姐在医院的情景我不得而知。二姐从镇上回来时，又活蹦乱跳的了，只是在她的下巴、鼻尖、额头上有紫色的伤疤。在她脱衣服的时候，我发现她身上的伤疤也不少，让她白皙的小小的身体变得像一个废弃的筛子。好在，没过多久，那些伤疤都消失了。不然，长在爱漂亮的二姐身上，得多难看、多让她伤心啊。

二姐是在课间与同学游戏时，不小心从操场边的坡坎上摔下去的。自此以后，我对建在山顶上的那些像寺庙一样的乡村小学有了些许畏惧，以致妈妈在给我缝制漂亮的新书包时，我并没有像三位姐姐那么兴奋。

# 放学路上

八月的一天，天空压得很低，像一床烂棉絮绷在左右两边的山梁上，这样的天气扰乱了于仁义一家子的生活。于仁义干活儿不敢走远，在前面的水田转转就回家来了。于淑玲在她妈妈赵湘玉的肚子里憋着，甭提有多难受了。她想早点出去，在这个季节里泡"温泉"算不得是好事情吧？她知道大姐于淑英、二姐于淑琴、三姐于淑惠经常光着脚丫在泥巴地上跑来跑去，那"吧嗒吧嗒"声像电波，传进她耳朵的是凉爽和惬意。尽管她知道这时候出去还为时尚早，可她对自己健壮的体格充满信心，在一个月以前她就能把妈妈赵湘玉的肚子抡起小山包了。

于淑玲在为自己的出生做准备了，第一步当然是要撑开妈妈的"口袋"，那是唯一的出口，她得从那里爬出去。赵湘玉也觉察到了，她嘀咕：这孩子这两天怎么特别不安分？都是天气惹的祸，她自己都热得六神无主，不知家里那么多事要从哪桩做起。赵湘玉想起，今天她去三个小姐妹的房间，一股尿骚味熏得她皱起眉头。

于是赵湘玉把她们盖的有尿骚味的被子拿出去晒，可是天色告诉她，大雨即将来临，她只得把被子晾在前廊上。她把被子挂上铁丝的时候，低头对站在身边的于淑惠说："惠子，你要是再把尿撒在床上的话，我就让你自己顶着被子在日头下晒了。"于淑玲在妈妈的肚子里反复回味这句话。"顶被子是什么样子的呢？估计不会是好事，我以后决计不能顶被子。"于淑惠抬起头看她母亲，她求救似的看着母亲，赵湘玉以为于淑惠被吓蒙了，她转过行动不便的身子，抹了一下于淑惠的头发又转过身去晒她的被子。其实于淑惠根本不知道，在毒日头下顶着一床有尿骚味的被子晒有多痛苦，她只是觉得这天太热了，连太阳都没有的天怎么会这么热？离她头顶那么高的天空上一张烂棉絮就能使她像风箱里的老鼠，她不得不像小狗一样张开嘴呼吸，她想找个人求救。她拉扯母亲的衣角，她想告诉母亲，太热了，她擦汗把袖子都擦湿了。

她以为只有她一个人这么热，两个姐姐肯定找到了阴凉的所在，丢下她这个跟屁虫自顾自去了。

母亲的衣服黏黏地贴在她背上，所以她觉得妈妈的衣服拉起来比平常费劲，也没有她希望的褶痕出现。于仁义端着撮箕在院坝里撒包谷，嘴里"哟嘘哟嘘"地呼唤去田里捉虫的鸡回来。一只母鸡领着几只小鸡出现在院坝，母鸡抖动它蓬松的羽毛，小鸡呈扇形跟在它后面，最小的那只跑得跌跌滚滚的。它们在院场心争抢粮食，很快一只大公鸡占据了有利地形，小鸡只得站在大公鸡附近"咯咯咯"地叫唤。于仁义最见不得这种欺凌弱小的事情，他一脚把大公鸡踢开。大公鸡跌在地上，瞬间它就翻身爬起，跑到田里捉虫子去了。

赵湘玉晾好被子后，就去准备一家人的午饭。她系着围腰坐在竹凳上，瓷盆放在腿上，把削过皮的山药砍在盆里。对于肚子的疼痛她一点都没在意，她想离孩子出生还早，肚子疼也许是因为吃坏了肚子，直到热乎乎的液体从她的下身喷出来，她才想到：这小四要提前来到人世了。于淑玲刚出来跟个小猫似的，接生婆还夸她漂亮，只有她那躲在屋后偷看的大姐于淑英不以为然。

  于淑玲收好书包从教室出来，外面已经很昏暗了。妈妈让她放学后在教室等着，等大姐来叫她一起回家。于淑玲站在教室门口等大姐，可都这么晚了于淑英还没有出现，她不免焦急起来，要是大姐不来叫她怎么办？她在走廊上来回走动，把书包从左肩换到右肩，又从右肩换到左肩，反复如此，于淑玲无聊极了，她只得去摘操场上的叶子，或者去拔草，把草尖放进嘴里嚼来打发时间。她不敢走远，怕大姐来找不到她就惨了。班主任李老师来教室拿作业本，看到于淑玲这么晚了还在教室门口晃悠，觉得诧异。于淑玲忍住哭，说道："等大姐来叫我们就一起回家了。"李老师走出一截又折回来："于淑玲你不要等了，说不准你大姐有什么事提前回家了呢！"于淑玲想想也是，学校离家虽然有三四里路，但这是一条她走过无数次的路，哪里有坎坎哪里有山包她全都一清二楚。如果天还亮着，叫她一个人回家，她会跑得飞快，可是妈妈不放心让她一个人回家，于是把她托付给大姐。这么晚了，于淑玲想到她得一个人走过那些墓地，她就非常害怕。

  于淑玲向家跑去，文具盒在她书包里叮当直响，她只想在天黑尽之前赶到家。干活儿的人把锄头扛在肩上准备回家，水牛在沟里喝水，太阳已经完全下山了，黑暗很快就会笼罩一切。水田里秧苗才插进去，刚刚缓过神来。于淑英能感出秧苗喝水的欣喜，恍惚听到"咕噜咕噜"咽水的声音，田里的脚窝灌满水，一只青蛙叫，一群青蛙和，但于淑玲不知道这叫声是从哪里发出来的。于淑玲走在田埂上，觉得有点头晕，因为她走得太快了，死死地盯着田埂，如果不盯着田埂，又怕踏进秧田。

于淑玲来到那条河边，就是这条河，有一年夏天她差点被水冲走，要不是大姐死死地抓住她的衣服，于淑玲现在的骨头可以用来敲鼓了。以前大姐陪她一起过河，她一点都不害怕，今天她一个人，想起那次的落水事件她心里慌张得很，她在河边站了好大一会儿才冲下土坎。土坎很陡，而且全是沙子，她冲下去，沙子也跟她一起沙沙往下掉。水清清浅浅地冲着石头，石头露出水面，经常被人踩踏的那面黑黝黝的。从不平整的石头上走过得快，否则更容易掉进河里。河里虽然水浅，但是于淑玲还是小心从石头上跳过去。爬上另一边土坎，于淑玲就看到远处半坡上那些高高低低的坟墓了。田里的人全回家了，水田的水在夜色中反着白光。于淑玲硬着头皮往前走，她真盼望出现一个稍微熟悉的人，那样的话她就好跟在她的后面回家了。离那些坟越来越近了，她必须得从那些坟前走过，而且脚步的距离与坟墓不超过一尺。于淑玲正想着，她要以怎样的速度迅速走过那片坟墓才不至于被坟里伸出的手抓住她的脚脖子。这时，她看到一个影子在半山腰一闪。该不会是闹鬼吧？她这样想，舅舅到他们家，天黑的时候最爱讲鬼故事，可怜的于淑玲又害怕又想听。接着那个影子从一座坟后站起，朝她走来。接着又一个影子也出现了。于淑玲想，莫不是碰到了寻情鬼？鬼叫她的名字，好像非常亲切的样子。"玲子，玲子。"于淑玲非常熟悉这声音，于淑玲心想：惨了，这个鬼叫我跟他们做伴去？于淑玲吓得快晕过去了。她不敢哭，便呆站在原地看那个影子向她走来。她定了定神，才看清，原来是大姐于淑英，大姐怎么会从那个坡上下来，而且离坟墓这样近的地方？跟在她后面那个头发短短的穿着白衬衫看不清面貌的男子又是谁？于淑玲扑到于淑英怀里哭，上气不接下气，哭声穿过坟墓的缝隙往高处去，听上去非常凄惨。于淑英用手背帮她擦眼泪，于淑玲像猛然想起似的，一把推开于淑英，小于淑玲用手指着她的大姐："回家我要告妈妈，你和男生钻山沟，不去学校叫我一起回家，我一定要回去告你。"于淑玲有点慌乱，她说："玲子，我以为你等不到我会自己回家的呢，你现在都八岁了，以前我上学的时候都是我一个人回家。"那男生也在旁边帮腔，他说："小玲，你姐姐有几道作业不会做，我一路上在教她呢。"于淑玲这才仔细打量站在面前的这个男生，头发中分，白衬衫塞进蓝裤子里，显得腰身又细又长，小眼睛高鼻梁，方方正正的嘴镶嵌在他方方正正的脸上——一个清秀帅气的大哥哥。坟墓这么可怕他们居然敢躲在后面，但是他们在那里做作业她却是不信的，因为天已经黑了，而且干吗非要躲在坟后做作业呢？于淑玲越想越气，大姐不来接我也罢了，还伙同陌生人来骗我。于淑玲扭过她的头："我就是要回家告你。哼！"于淑玲看到大姐已经不害怕了，她在前面走，那两人在后面追。他们俩在后面嘀咕什么她一句都不听见，愤怒已塞满她小小的胸膛，她只想快快地回家告大姐一状，让爸爸妈妈为她申冤。"我于淑玲岂是好欺负的。"于淑玲一直不回头地往前走，任于淑英在后面喊破嗓子。当于淑英停止喊叫，于淑玲又好奇地转过头，那个男生已经不见了，他朝哪儿走岔了，这个男生好像在哪里见过的。

　　姐妹俩一前一后回到家，一家人正围着桌子等她们俩，姐妹俩各找空位坐下，接过妈妈递过来的饭碗。于淑玲狠狠地瞪了姐姐一眼，就自顾自扒碗里的饭。赵湘玉问："你们俩去哪里玩了，这么晚才回家？"于淑玲正要开口说话，但于淑英的声音把她给压了下去："三妹今天补课，我在她教室门口等了很久才等到的。"于淑玲又想说话了，但是大姐于淑英把手抬高，做了一个揍她的姿势。于淑玲只得把嘴边的话咽回去，于仁义不解似的看着她们俩，于淑英善解人意地对于仁义笑了笑，于仁义夹了块回锅肉放在于淑玲碗里，好像她们饿坏了似的，只听到大家嘴里发出的咀嚼声。

夜间，于淑玲睡得迷迷糊糊的，她听到"嘘嘘嘘"的声音，似乎这声音离她很近，但她迷迷糊糊地听了一会儿也没听出这声音是从哪里发出来的，她没有在意，也许她刚刚做了一个梦也说不准，她翻过身打算继续睡觉。可是过了一会儿她感觉被子和棉絮湿漉漉的，想换一个位置，可是她费了很大劲也没有推开旁边熟睡的大姐。另一边太危险，稍不小心就会掉下床。于淑玲下半夜眼睛半睁半闭的，她想不通被窝为什么这样潮湿，也没有下雨，即便是极小的雨敲在瓦片上，如果仔细听也能听出来，还有这尿骚味从何而来？她没有尿床，她非常清楚，已经很久没做这种羞人的事了。而且她经常告诫自己，小时候尿床情有可原，但现在她已经八岁了，八岁的小姑娘确实不能再做这样丢人的事情了。当然大姐于淑英也不可能尿床。况且她还在妈妈肚子里的时候就有言在先，如果哪个再尿床的话就让她顶着棉被在太阳底下曝晒，她可不敢明知故犯呀。于淑玲非常清楚，假如太阳太辣的话，人在太阳低下行走，都会觉得头脑发胀，有时候想想都会晕过去似的。在她们家那块地方，最不缺乏的就是树木提供的阴凉，一般而言，中午她们出门都是快速行走，走到一棵树下就坐下来休息一会儿。

星期天照常理是可以多睡一会儿的，但是于淑玲听到妈妈起床的声音也跟着起床了，跟着她起床的还有姐姐。姐姐在屋里大惊小怪地叫起来："妈妈，你快来看，小妹撒了好大一泡尿在床上，一个床都湿完了，臭得要老命，今晚怕是没法睡了。"听到大姐于淑英的叫声于淑玲蒙了：我撒尿了吗？昨晚我真的撒尿了？但不是我又是谁呢？赵湘玉听到于淑英的叫声跑去那间房子，在门口就闻到尿骚味了，她不由得皱起鼻子。赵湘玉把棉被掀开，便看到床单湿了一大块，那形状像一张地图，它不偏不倚地在床正中。于淑玲想解释，可是她不知道说什么，说这泡尿是自己跑到床上去的，还是说大姐于淑英干的好事，还是说是老鼠半夜跑到她们床上撒了那么大的一泡尿？妈妈不会相信的，如果有人把这些话告诉她，她同样也不会相信。妈妈深信不疑，这是她于淑玲干的好事。在这家里于淑玲最小，除了她还会有谁？妈妈去灶房拿来笤帚就往于淑玲的屁股上揍："八岁的姑娘家，也不知道害臊，还撒尿在床上，你把我的话当耳边风了啊？"于淑玲想逃，但是能逃到哪里去？逃得再远还得回家，那顿揍是免不了的。妈妈打了几下看于淑玲不闪不避的，觉得没劲，就扔开笤帚，提起被子塞进于淑玲的怀里："把被子拿到前廊上去，等太阳出来乖乖地晒你的被子去。"于淑玲抱着被子非常吃力，好在这是一床夏天盖的薄被子，要是冬天那床沾满油污的被子于淑玲根本没法抱。被子把于淑玲完全遮住了，从前面根本看不到她，只看见被子在缓缓挪动，有好几次于淑玲差点被绊倒了呢。太阳还没有出来，于淑玲不知道太阳什么时候出来，看情况还有一段时间，她把被子放在一个小板凳上，坐在板凳上"呜呜呜"地哭。爸爸从里屋出来了，于淑琴和于淑惠也揉着惺忪的眼睛从另一间屋子走了出来。

爸爸问明情况后，去替于淑玲说情："小四才八岁，尿床有什么大不了的？至于被子，晾在绳子上晒不是更好？"赵湘玉一口回绝他："你少来管，你什么时候好好地管教过她们了？这次我不让她顶被子晒的话那她还有下一次，不能再有下一次了。"于仁义叹着气从屋子出来，于淑琴和于淑惠本来也想替妹妹求情的，但是她们也害怕妈妈，她们同情地看了看于淑玲就去洗脸了。于淑玲想起她还没洗过脸呢，在以前，要是起床后不洗脸也会被妈妈骂，但现在看起来好像晒被子比洗脸更重要。于淑玲怕洗脸，更小的时候父母帮她洗脸，每次洗脸她都哇哇大哭。她越哭妈妈洗脸就越重，刚洗完的脸蛋儿红通通的、火辣辣的。每当这时候于淑玲就会想，我到底是不是妈妈的亲骨肉？姐姐们小时候跟我一样吗？想想也是蛮奇怪的，妈妈其实是个爱干净的好妈妈，她总是不厌其烦地扫地，桌椅板凳被她抹得一尘不染，锅碗瓢盆被她用沙子搓得锃亮。她特讨厌谁把尿撒在床上或者哪个姑娘脸都不洗就吃饭，偏偏于淑玲两样都占全了。现在于淑玲读二年级了，从六岁起开始她就自己洗脸，她多么喜欢自己洗脸啊，自己洗脸可以轻轻地洗，有时候确实不想洗的话，拿干毛巾在脸上擦擦也能蒙混过去。长大的好处远远不止这些，她想如果现在她也有十四岁的话，就算姐姐说破嘴，妈妈也不会相信床上的尿是她撒的。

太阳不要出来了吧，以前于淑玲觉得阴天很讨厌，出门都要考虑要不要带伞，带伞觉得累赘，不带伞又怕下雨被雨淋，但是今天还是下雨吧，她情愿被雨淋也不要顶着被子在太阳底下晒。顶着自己尿的被子在太阳底下晒多丢人啊，而且家门前那条小路经常有人走过，看到她在太阳底下顶着被子她们会如何笑话她呢？

越是害怕，太阳出来得越早，反正于淑玲觉得要比前些天早些。她祈祷要是妈妈忘记了刚才的话该多好，那样她就不用在太阳底下晒被子了。可是妈妈不是健忘的妈妈，妈妈是精明的妈妈，卖菜不用计算器很快就能算到几元几角几分的妈妈。

于淑玲个子小，被子要叠起来顶在她的头上才不会拖到地上。

她的头倔强地从被子底下露出来，两只哭得通红的大眼睛像受惊的兔子。有尿骚味的被子顶在头上，让她几乎喘不过气来。这时太阳很弱，它的温暖还没有穿透厚厚的棉被传递到于淑玲那里。于淑英吃完早点，剔着牙笑着向她走来，她是一个多么可亲可爱的姐姐呀！于淑英走近她，很关切地帮她提起被子，她觉得一阵轻松，心里别提有多感激姐姐了。于淑英把嘴凑近她的耳朵边，说了几句让她一辈子都记得的话："玲子，你要敢把昨天下午的事情告诉爸爸妈妈，我就隔三差五地往床上撒尿，让你天天顶被子晒。"这泡尿是大姐于淑英撒的，天啊，于淑玲没有想到大姐会做出这样卑鄙无耻的事情。但是没有人相信她，谁会相信一个十四岁的中学生会把尿撒在床上，而且她这么做的目的只是在于诬陷她的亲妹妹？

不知算不算是苦尽甘来，于淑玲自顶过被子便迎来了好日子。经常有人把丁丁糖摆在校门口卖，百货店里晶亮的水果糖和棒棒糖也经常把于淑玲的眼珠儿粘住了，这时候，她的口水就会不由自主地从嘴里淌出来。三日不见自然是要刮目相看的，于淑玲的零花钱突然多出一倍来，水果糖再粘她的眼珠儿她就把它拿下，毫不含糊。不仅如此，她的书包里随时还会有几颗稀罕的软糖。糖纸自是不用说，那是相当漂亮。短短数天，小小的于淑玲在班上威望却增加了好几倍。以前不拿正眼看她的同学叫于淑玲的时候，声音里像掺了蜜似的。对于这种变化于淑玲受用极啦，心里不由得感激起大姐于淑英和经常跟她在一起的那个男生三弦了。于淑英把自己的零花钱给她，而那个男生经常塞给她软糖，那些糖是于淑玲做梦都没有见过的。于是于淑玲变成了拥有糖纸最多、最漂亮的人，小小的于淑玲终于体会到被别人景仰的滋味了，她可以仰着头走路，还可以让学习好的同学拿作业本给她抄。于淑玲把那次顶被子事件看成是好日子来临的先兆，而对于经常和大姐在一起的那个叫三弦的男生，于淑玲对他生出无限的好感来。

三弦不像是坏人，经常是白衬衣蓝裤子，白衬衣、塞进蓝裤子里用皮带勒得紧紧的，这样一来，瘦弱的三弦更像一块厚木板了。指甲剪得干干净净，由此于淑玲得出结论：三弦是个懒惰的人。三弦家住哪里于淑玲不知道，只晓得每次他们仨一起从学校出来，翻过一个梁子后，他就岔朝另外一条路上去了，他要在那条路上走多久才到家她不知道。于淑英对她越来越好，从来没有过的好。但是于淑英善待淑玲是有条件的，于淑玲不能向父母告发他们经常三个人一起回家，不能说他们俩偶尔还会爬到半山腰的干沟里让于淑玲在路上干等着。大姐于淑英对她是软硬兼施，一方面威胁她，如果她把他们之间的事情告诉了父母，她就要她好看，顶被子算是轻松的了，更不轻松的是什么？于淑英不说，不过从于淑英恶狠狠的表情上看来，非常可怕。

他们两个一路上嘀嘀咕咕的，经常落于淑玲后面或者把于淑玲拉在后边，真不知他们哪来那么多话要讲，难道他们的嘴和耳朵不会麻木？要是哪天于淑玲心情出奇地好，话讲多了嘴皮就会麻酥酥的，听多了耳朵会"嗡嗡嗡"地叫，难道这种现象只出现在像她这样的小孩子身上？每每于淑英被逗得哈哈大笑，有时候是两个人一起笑。他们好像很开心似的，听到他们的笑声一阵阵地传来，于淑玲很是羡慕。遇到道路不平整，三弦还会牵着于淑英的手，到路平整的地方他还不想松开。于淑玲把这一切都看在眼里，她觉得很奇怪，姐姐比她大六岁，那种道路她走起来都觉得轻松，怎么跟三弦在一起大姐就变得弱不禁风了。下雨天道路泥泞，不小心就会滑倒，但也不至于要三弦背着吧？有一天他们从学校出来的时候雨刚停，于淑玲走在前面，他们俩在后面跟着，于淑玲回头找她的姐姐，却看到于淑英正趴在三弦的背上，头靠在三弦的肩头，双手紧紧抱着三弦的脖子。于淑玲第一次见大人背着大人，觉得很滑稽，大姐于淑英在三弦背上像一个布袋垂着，脚上的泥巴蹭在三弦裤子上，累得上气不接下气的三弦还笑，嘴里还在跟大姐于淑英说着什么。

于淑英太想把这一切告诉别人了，她觉得这么有趣的事情只有她一个人知道有点不道德，就像不给小朋友看她积攒的漂亮的糖纸一样，她想让她的两个姐姐晓得她们的大姐居然会这样。她们的大姐居然还要人背，她们做梦也没有想到吧？要是她们知道大姐这样，那么在吵架的时候就会多一样有力的武器，她还想让她们吃惊得张开嘴巴，从而羡慕她天天跟他们在一起。有几次她差点把到嘴的话都说出来，但关键时候她想到大姐的警告，于淑玲又不得不把话咽回去。

于淑玲下意识摸摸书包里的糖果和硬币，心里想着，管他们的，牵手算什么奇怪的呢？母亲会牵着她的手不是吗？父亲会背着她不是吗？三弦背大姐的感觉应该跟爸爸背自己差不多吧！

于淑玲决定把这秘密透露出去。但是找谁诉说比较合适呢？找妈妈？妈妈管教她们四姐妹比较严，而两个姐姐又是快嘴婆，相信秘密到她们那里不出一夜就会传到大姐耳朵里，那样会产生很严重的后果。爸爸是家里唯一的男人，把大姐和男生在一起的事告诉他是最恰当不过的了。当然，在说什么不说什么的问题上于淑玲也有考虑，他们躲进干沟她看不到的事情不能说，既然是不能让她看到，肯定是比拉手或背在背上更严重的事情；大姐给她零花钱，三弦给她糖收买她也不能说，弄不好她于淑玲就成同案犯了。

想好了这一切于淑玲跑去见爸爸，爸爸于仁义坐在堂屋前的石凳上抽旱烟，他的俩眼眯缝着望着前面。于淑玲坐在另一个石凳上，脚尖够不着地，故作轻松地晃着腿。顺着于仁义的眼光，于淑玲看到前面一丘丘狭长的水田连接到山脚，像弯弯的月亮铺满大地，而在远方，黑黝黝的山坡把月亮的去路堵住了。一会儿天全黑下来，远方山坡鬼魅的影子不见了，眼前无数个月牙儿显得更加明亮。

于淑玲想得赶紧说，要不然等一下三个姐姐和妈妈收拾完东西就会聚在这里。这里是他们一家人聚会的场所，而于淑玲现在坐的这个石凳平时是妈妈的专座。

"爸爸！"于淑玲叫了一声，声音有点颤抖，因为她即将说出的是一件大事。

于仁义转过头，嘴里咬着烟杆，烟从烟枪喷出来，一股一股地往上冒，稍高点就全部散开了。

于淑玲不像八岁的孩子，此时的她倒像是一个八十岁的老太婆，因为于淑玲觉得她心里的秘密都快装满了，她觉得自己越来越重，好像她有好多天都没有撒腿奔跑了。她必须把它们倒出来，糖果和零花钱的吸引力不容忽视，但已经大不如前了。

于淑玲咽了一口唾液，她打算说出来，她真的打算说出来了。于仁义觉得奇怪，这孩子是怎么啦？平时她可不是这样的。刚要问，于淑玲开口了。

"爸爸，我们经常三个人一起回家呢。我觉得三个人一起回家要比两个人回家好得多，多一个可以说话的人也更安全些，是不是？"

于仁义点点头："嗯，但是除了你们俩姐妹之外，还有谁跟你们一起回家呢？"

"我也不知道那个人是谁，好像是大姐他们年级的同学，他学习挺好的，有时候边走他还边给大姐讲解作业呢！"

于淑玲撒谎了，于淑玲知道，她这个谎言撒得还算是成功，一来她把姐姐经常和男生在一起的事实给说出去了，二来让他们在一起的理由显得冠冕堂皇。但无论如何于淑玲都觉得轻松了许多，即使大姐知道她告密了她也不会太难为自己。

于淑英阴沉着脸，像是谁借了她的谷子还了她糠。莫不是于淑玲告密的事被她知道了？一路上于淑玲忐忑不安。

今天不见三弦跟她们一起她觉得很奇怪，她问于淑英："大姐，今天怎么不见三弦哥？"

"小娃娃少管闲事，你不说话没人当你是哑巴。"于淑玲伸伸舌头只管盯着脚下的路，这么盯着脚下的路走，于淑玲一会儿就觉得晕头转向，于是她又把目光投向稍远的地方。姐姐当她不存在似的，沉浸在自己的心事中。一会儿有个人向她们跑来，看那身形于淑玲就猜得到是三弦。三弦气喘吁吁地挡在于淑英前边："英子你怎么啦？莫名其妙地生什么气？"于淑英一把推开三弦就大踏步地向前走，于淑英推得挺用劲，把三弦推了一个趔趄。三弦并不泄气，他跑得比于淑英快，像一头犟牛，顶在于淑英面前，"你把话说清楚，怎么逗你惹你了，你做出一副这样的嘴脸？"看起来于淑英不说明原因三弦今天就不让她回家了。"自己做的事自己心里清楚，别以为王莲花给你写纸条我不知道。""是的，她是给我写过纸条，但是她写纸条事前我又不知道，我能阻止她不让她写吗？再说她写她的，跟我有什么关系？纸条在这里呢，你看怎么处置吧！"于淑玲觉得她像在看戏一样的，姐姐于淑英气得脸红脖子粗，三弦急得像热锅上的蚂蚁。唉，真不知他们要到什么时候，于淑玲心里急着回家，但是她又不敢催他们。于淑英不依不饶地，最后三弦发狠了："明天我就去班上宣布你是我的媳妇，这样以后就没人给我写纸条了。"于淑英这才破涕为笑："你个不要脸的，也不知害臊。这笔账先记下，下不为例。"

此刻的于淑英像换了个人似的，她又活蹦乱跳起来，仿佛刚才那些不快和她没有一点关系，他们在于淑玲的身后说说笑笑，又是很晚才到家。

于淑英跟父母提议，说玲玲快十岁了，可以一个人回家了，不用她天天去叫她，一个等一个，想回来帮家里做点事情也不行。妈妈赵湘玉想想也是，于是让于淑玲放学后一个人回家。

于淑玲回家有时候在大姐的前面，有时候在大姐的后面。有好几次于淑玲看着大姐和三弦在前面走着呢，可到家后她却没有回家。于淑玲想这大姐到底走到哪里去了呢？奇怪得很。有一次她看到于淑英的裤子上有血迹，她吓坏了："大姐，你的屁股流血了，你受伤了吗？"她的关心惹得大姐一顿臭骂："小孩子懂什么！不懂就不要乱说，没羞没臊的。"于淑英千叮咛万叮咛，你千万不可告诉妈妈，不然你就惨了。于淑玲想，她受伤了为什么不能告诉妈妈呢？于淑玲觉得姐姐于淑英越大越搞不懂了。

又是一个晚上，于淑玲和于淑英一前一后地回到家。于淑英跟妈妈一起做饭，于淑玲在厨房的桌子上做作业。今天作业不多，于淑玲很快就做完了。于仁义让于淑琴把她的作业检查一下，他说这个玲玲越大越粗心，慌手慌脚地不知慌些啥子名堂。于淑琴检查作业很认真，于淑玲在心里这样嘀咕她正在检查作业的二姐：她是一个喜欢鸡蛋里面挑骨头的人。今天的作业于淑玲做起来很顺手，没有一点磕碰，她相信二姐检查不出什么来的。

叫读初一的于淑琴检查于淑玲的作业简直是易如反掌，有一天她在于淑玲面前夸口说："哼，你们那点作业，我闭上一只眼睛都能做出来。"简单的小学四年级的家庭作业只要出现一点差错也逃不过她的眼睛，"玲玲，你过来看看，你怎么能这样不专心呢？"于淑玲不相信似的凑过去一看。嗳？五除以五不是等于一的吗，她怎么写成五了？于淑玲害羞地挠挠头皮，抢过作业本便去改正。赵湘玉正在摆碗筷，她瞪了于淑玲一眼："粗枝大叶的，一点都不像一个姑娘家！快改了把书本收拾起来，要吃饭啦！"于淑英刚换了一件宽大的有蓬蓬袖的花衣服，这时风从窗子吹进来，把她宽大的衣服掀起，她的白肚皮便露出来了。于淑琴觉得不可思议："大姐，你怎么突然胖了呢？都长出油肚儿了。"于淑英赶紧按住衣服的下摆，又去关被风吹得"啪啪"的窗子。于淑英的步履不如以前轻盈，但也不是特别笨重，看她的侧影，她微微隆起的小腹尚略低于正在发育的乳房。于淑玲觉得她应该宽慰一下大姐于淑英："大姐，不怕的，你只是胖了一点点，以后每顿饭你少吃半碗就好了。"果然，那顿饭于淑英只吃了一碗便说她吃饱了，放下碗筷就做作业去了。直到大家都去睡觉，于淑英也没有从她的屋子出来过。

于淑玲那天放学有点早，她想姐姐肯定还在上课，她慢悠悠地走在田埂上，结果她意外地看到了于淑英坐在田埂上呜呜地哭。

虽然妈妈叫于淑玲独自回家，但是于淑英坐在这里哭她不能不管："大姐，你哭什么呢？我们赶快回家吧！"于淑英哭得起劲，根本不理会于淑玲。于淑玲坐在于淑英旁边，拔田埂上的茅草，挨近她的茅草都被她拔光了，她也想不出安慰姐姐的话。于淑玲想：我真没用啊，我为什么就安慰不了姐姐呢？来来往往的人都惊奇地看看她们，然后各走各的路，最后有一个五六十岁的大婶没忍得住，她扒开于淑英的手："姑娘，你哭什么呢？快带你妹妹回家去，天色不早了。"于淑英连头都不抬起，双手比先前抱得更紧了，大婶摇摇头，"你姐姐她怎么啦？"于淑玲摇摇头，这也正是她想知道的，本来于淑玲只是觉得无奈，但是现在有人来关心她们，不知为什么她觉得非常委屈，她的眼泪在眼眶里打转："我也不知道，我来这里好久了，姐姐没说过一句话。"大婶也没辙，她甩下一句话便走了："你拿她的手绢来帮她擦擦眼泪，看她都成啥样了？唉！"于淑玲这才想起是应该找块手绢给她擦擦眼泪，说不准姐姐擦干眼泪便止住哭泣了。于淑英有块绿手绢放在书包里，于淑玲看到过几次。她拉过于淑英的书包，松开带子便去她的包里翻那块手绢，可她没有翻到手绢，有一张揉皱的纸从书包里滚出来。没有手绢把纸揉软和了也不错，于淑玲有时候在厕所找不到草纸便是这样干的。于是她把纸团放在手里揉啊揉，自以为非常柔软了便把它展开。

　　于淑玲展开揉得皱巴巴的纸一看，原来是一封信，信上的字被她这样一揉已经变得很模糊了，但是她还是能勉强认得出来。

英子：

　　我是三弦，你看到这封信的时候我已经不在这个学校读书了，事先没告诉你是因为我怕你受不了。

　　你非常奇怪吧，我们家怎么说搬走就搬走了呢？这事说来话长，其实这事我爸爸活动很久了。还记得我跟你说起过那个当官的舅舅吗？我们家能搬进城他帮了大忙。以前我跟你说起过吗？我表哥是个瘫子，现在快三十岁了，一直找不到媳妇，于是舅舅就让我大姐嫁给那个瘫痪的表哥。开始我姐姐不干，后来禁不住父母的请求，我妈妈说，我们一家人的命运都系在她一人身上，农转非是很多农村人都期望的，而且爸爸还可以去城里上班，妈妈可以去爸爸的单位做临时工。

　　一个人要脱掉身上这件农民的皮多不容易啊，何况一家人一起脱掉？我姐姐是个识大体的人，她答应了，于是这件事就顺利地办了下来。

　　从此以后，我们不能一起放学回家了。我很舍不得你，但是没有办法。有一次我跟爸爸提起说，假如我要讨老婆的话就讨你，被我爸爸打了一顿，我妈妈和姐姐都骂我不识好歹。姐姐付出这么大的代价才把我们从农村的泥淖里拉出来，我不能因为你一个人留在这山沟里，况且你知道，我是家里的独儿子，假如他们不同意我是没法娶你的。

　　英子，你说我能怎么办呢？不能再这样下去了，天下没有不散的筵席，所以我们还是分手吧。我会记住我们曾经拥有的那些美好，记住山沟里发生的点点滴滴。我爱你，无论我走到哪里我都爱着你！

祝身体健康，学习进步！

爱你的三弦

1987年5月21日

对于于淑英和三弦的关系，于淑玲是见证人。可以这么说，三弦像只暖水袋，只要三弦贴近于淑英，于淑英的温度就升高，反之则降低。三弦要搬进城里，意味着他们亲密的关系夭折了。不要说于淑英，于淑玲想想就有点不能接受，这种事情是不能跟敲石头比的。于淑玲想，假如此刻有人告诉她，她面前的路已经断了，而一切美好的事情都码在路那边，那么她也是会哭的，哭得绝对不比于淑英逊色。虽然如此，她觉得还是应该开导开导大姐，老师不是经常说要好好学习、天天向上吗？谁知道大姐将来会不会找个比三弦更好的男孩子呢？

"大姐，我们回家吧，你在这里哭死，三弦哥也还是进城去了呀。大姐你努力学习，将来考上大学有工作了不就跟三弦哥一样是城里人了吗？到时候他还有什么理由不要你呢？"

那一刻于淑玲觉得自己长大了，而且她说的这番话入情入理，大姐于淑英应该找不到词语来反驳她。

于淑英抽噎着走到家，天已经擦黑了。赵湘玉还是注意到了于淑英的眼睛："你们俩怎么回来得这样晚？英子的眼睛肿得像个桃子。"于淑英并不理会妈妈的好奇，还是于淑玲聪明："今天风大，姐姐在过河的时候被沙子迷住眼睛了。我帮她吹了半天才吹出来，这不，回家就晚了。大姐的眼睛被沙子弄得又红又肿。"

接下来的几天，于淑英一直不怎么说话，总是看着一个地方发呆，书拿在手里掉在地上都不晓得。于仁义骂她："英子你的魂掉了！"于淑英也不理会。

只有于淑玲知道是怎么回事。

放学路上，于淑玲搜肠刮肚地说了几个从大人那里听到的笑话给大姐听，但是大姐并没有因此开怀。最后于淑玲也索然无味了，只有像影子一样跟在于淑英后面，生怕不小心把大姐于淑英弄丢了。

于淑英在前面走着，身子沉重得像有石头压着，不知是不是这几天茶饭不思的缘故，她走路摇摇晃晃的。好不容易来到河边，于淑英示意于淑玲坐到她身边来，她好像有话要对于淑玲说。于淑玲顺从地挨着于淑英坐下，瘦小的于淑玲挨着于淑英，像个小猫似的。于淑英转过身帮于淑玲正正衣领拉拉衣角说："姐姐脾气不好，以前有欺负你的地方你就别记着好吗？以后要听爸爸妈妈的话，好好地读书，回家路上小心点，不要在路上贪玩，不然天黑了路过那片坟地你会害怕的。"于淑玲想插嘴，可是于淑英不给她机会，"姐姐对不起你，姐姐以后再也不那样了。"于淑玲很激动，她有很多话想说但不知从哪里说起，她紧紧地拉着姐姐的手指头，生怕她消失了似的，"姐姐去那边堰塘洗个澡，你闻闻，我身上酸臭酸臭的，等我洗干净我又是以前那个干净的姐姐了。玲玲听话，在这里等我不要乱跑，如果你真的等不了也可以先回家。"于淑玲激动得声音都在颤抖："姐姐你放心去吧，我就在这里等着，你不来我就不走。"

于淑英顺着河堤走远了。于淑玲知道顺着河堤往前走一小段就有一个堰塘，以前他们去那里玩过。对于姐姐为什么非要去堰塘洗澡而不是在这条河里，于淑玲也能想通，因为这是一条大路，一个小姑娘在这里洗澡被人看到是很害羞的，还有就是堰塘水多，远不是家里的木头洗澡盆可比的。大概姐姐是热得一刻钟也不能忍受了吧？于淑玲闲得无聊就拿起石子打水漂，她打得起连环水漂，打水漂是很在行的，仅打水漂这件事她绝对胜过她的大姐于淑英，但于淑玲一个人打水漂觉得寡淡无味。或许能在裤包里搜出好玩的呢，她把手伸进包里搜了半天，只搜到一个纸团，她正要把纸团丢进水里，才想起这不会是三弦写给大姐的那封信吧。展开一看，果不其然。它应该物归原主了，这时候应该把信还给姐姐顺便催她回家。

于淑玲来到堰塘边，可是没看到姐姐，只见到姐姐的衣服和凉鞋。她大呼："姐姐，姐呀，你去哪里了？快出来吧，我们回家了！"没有人回答了，连她们家山沟里那样的回声都没有。

于淑玲抱着姐姐的衣服围着堰塘狂跑，边跑边喊："姐姐，快出来，你不要吓唬我呀。"很快，干农活儿的人聚了一大堆，一个老人问明情况后就吩咐一个年轻男人去通知于淑玲的父母，其余的人去堰塘打捞于淑英。

火把把堰塘的天空映得红通通的，大家的脸也是红通通的。

于淑英被打捞起来的时候身上的花短裤和汗衫都还在，汗衫缩在胸脯上，于淑英两个像馒头一样的乳房直挺挺的，在火把的映照下像两个白炽灯。于淑玲连忙找衣服把姐姐的身子盖上。姐姐的肚子鼓鼓的，像充气的气球。

大人们都以为姐姐的肚子鼓胀是因为她泡在水里喝了太多的水的缘故，只有于淑玲知道，姐姐肚子有小宝宝了，是她和三弦的小宝宝。于淑玲不会把这件事告诉任何人，面对跳进堰塘意图把自己彻底洗干净的姐姐的尸体，她一个做妹妹的又怎么忍心再往她的身上抹烟灰呢？她在心里发誓："无论如何我都不会说出去。"

于仁义和赵湘玉的悲痛自是无法形容。

只要人们问起于淑英是怎样死的，于淑玲就会回答说："我姐姐是洗澡不小心淹死的。"

按在乡村的习俗，姐姐被淹死属于没得到好死的范畴，所以她不得享受入土为安的待遇，她被一把火烧了，骨灰撒到她们经常路过的那条河里。

有一天于淑玲煮饭的时候，顺便把三弦的信放进灶里烧了。那时候于淑玲想，要不要通知三弦呢？先不说不知道要去哪里找三弦，于淑玲本身觉得也完全没有必要，无论通过何种途径，乡村里谁不小心被淹死的事情迟早都会传到应该知道的人的耳朵里，或者几天、几年、几十年。

# 夏日潮汐

　　中学与小学之前的距离仅隔一条细细的田埂。在我们那里，田埂寻常可见，放眼一望皆是田埂，弯曲的、笔直的、交错的、平行的田埂把土地分割成各种形状的水田，如果说田地像丝网的话，那么田埂就是丝网的丝。田埂的边沿长满杂草，田埂中间被来往的人踩得凹了下去。所以连接中学和小学的那条田埂与大多数田埂一样，两边高中间低。牛和人走一条路，牛蹄便把田埂踩得一坑一洼的。天晴还好，要是遇上下雨，那些坑洼便积得满满的，行人只得脱下鞋卷起裤腿前行，一手提鞋，一手捏住裤子的卷边，即便是这样，回到家也还是满身的黄泥。

　　跟大多数乡村中学一样，我们学校也被一丘丘水田包围。放眼一望，基本上看不到树。土地是多么金贵！所有的生灵都张着嘴朝它讨要吃的。田埂挖得不能再窄了，因此在窄窄的田埂上行走便成为一门技术，稍不小心就会踏进田里。空手反而难以行走，倒是那些挑着粪肥的妇女，甩动双手，双乳跳跃，健步如飞。坟边的缝隙也被挖开种上粮食，所谓坟地仅剩下隆起的土包那小小的一团了。母亲叫我去坟边掰包谷我就害怕，我担心坟地里会不会伸出一只手抓住我的脚脖子不放。数冬天的早晨景色最美，薄雾蒸腾而上，远远地走来一个人，像飘在半空中，既像神仙又像鬼魂。水田犁好，耙平，泥土淀在水底尚未插秧时，水田就是一面面天然的镜子。行人的影子倒映在水里，左边一个右边一个，不能盯着影子前行，那样一会儿你就会头晕目眩，要是刚好来一小阵风，你的影子模糊、晃荡，连身体也会跟着摇摆。秧苗缓过气，便神气活现，与田埂上的草呼应，站在高处一望，就像哪个女人一针一线地用绿丝线绣上似的，看不见劳动者手脚的变化，只当他们也是绣上去的。黄昏时太阳斜照，田野被橘红色的光笼罩，牵着老水牛的人走在回家的路上，看不见他的家，只当他是走向一块未知的福地。晚上月亮出来的时候水田就亮汪汪的了，让你很难辨清哪儿是路，哪儿是水田。有一天晚上走夜路，我以为那一溜窄窄的水田是石板，一脚扎进去，双脚陷进泥里，姑姑费了好大的劲才把我拔出来，一双新鞋也贡献给水田了。

学校里多栽柏树和桉树，间或有一两株泡桐，一到秋天，地上的叶子全是泡桐掉的，便觉得泡桐其实是不少的。残缺的花坛用水泥和砖块搭成，里面有月季、玫瑰和美人蕉等，道路多是煤渣铺就，煤渣是从伙食团的炉灶里拉出来的，倾倒铺平便是路了。煤渣隔泥，但它的缝隙足以让小草探出头来，所以路上还长着稀疏的杂草。煤渣路好是好，但你要光脚在上面走无异于是受酷刑。

进中学时我只有一米二五，当我走在校园的用煤渣铺成的路上，常有人在我后面指指点点，也许他们认为我是侏儒，但我的确不是，我只是长得慢点，也没多长二两肉而已。个子矮遗传是一个原因，因为我的父母个子的确不算高，其实最主要的是营养不良。父亲在我三年级的时候才从地区中学调回来，母亲带着我们兄妹几人在农村，遇上收谷子的时候还有几顿干饭吃，遇上荒月，晚上就只能吃几片泡菜，然后早早地去床上熬着了。父亲的工资仅够他一个人用，有好几次父亲都要辞掉工作回家种田，硬生生地被我奶奶骂回去了。当时没几个是营养良的，但他们绝大多数都不像我，他们长个不长肉，所以我的同学们都像芦苇，而我像芦苇丛中最细最矮的那棵。我躲在他们的腋下，不但觅不到阳光，连新鲜空气都难以呼吸到。

但我也有骄傲的本钱，经常有人夸我聪明。升学考试我两科成绩总分是182分，就算在初一的快班里也能排进前十名，所以他们的指点还含有另外一层意思：想不到这个矮子还挺聪明呢。我不喜欢人家说我聪明，聪明像一把遮阳伞，它很容易就把努力的光芒遮住了。事实上，我读书很刻苦，经常看书到三更半夜，鸡叫头遍就起床了，一边做早饭一边背书，不信你可以翻翻我小学五年级的课本，有火燎过的痕迹。升学考试考数学的时候我在考场睡着了，是监考老师敲桌子才把我敲醒的，弄得整个教室的同学都看到了，有的还"哧哧"地笑，也算是给严肃的考场气氛松了一下绑吧。我的试卷早就做完了，老师考前再三叮嘱我们，下课铃响之前不能出考场，要多检查。我检查过，会做的依然在试卷上，不会做的依然空着，于是便抓紧机会趴在课桌上小睡一会儿。一个人占一张桌子睡觉很舒服，想摆什么姿势就摆什么姿势，平时睡午觉都是两个人趴一张桌子，眼睛闭上了还担心会不会碰到男生的胳膊。

开学第一天的第一节课是排座位，我是最矮的女生，理所当然跟最矮的男生坐一桌，私底下我希望跟女生坐一桌，但老师没有更好的招式管住山麻雀一样的女生和小公鸡一样的男生，便沿用所有学校都使用的招数，男女生混坐，情愿让我们在课桌上画出一道道醒目的三八线也要维持课堂纪律，保住老师的尊严。最矮的男生也比我高出半个头，在我面前，他占据绝对优势，所以他提议我坐里面靠墙、他坐外面靠走道时我连屁都不敢放一个。我像一个萝卜被镶进坑里，如果不是迫不得已我要等大白兔走开才能活动活动我僵直的身体。当我被尿憋得脸色发紫的时候我便暗下决心，我一定要认识班里最高的女生并与之成为好友。

班里最高的女生姓闫，叫闫薇。她读初一的时候就有一米五五了，比一米二五的我足足高了三十厘米。闫薇不但个子高，人也长得好看，浓眉大眼，脸形稍长，下巴方方的，手长脚长，汗毛也长。我一直很奇怪她的毛发怎么那么旺盛，像变人失败的猴子，却是一只美丽的母猴子。她喜欢把头发绾起用漂亮的发夹别在头顶，这样不但显出她的高挑，更显示出她浓密的黑发像两朵缠绵的乌云。

我们学校坐落在小镇的西北方向，一条马路把它跟街道相连，学校像一个功能强大的胃，里面有几千个师生，几千个师生的声音被胃轻而易举地消化了，相约去街上逛的学生便三三两两。而马路也像一个消声器，街上的喧闹传不到学校里。学校一旦开大会，学生站在操场上，严肃得像一个个准备上战场的士兵。占地面积很大的学校不是平整的，所以学校就有很多梯子，从梯子下去是一个操场，从梯子上来是一幢幢教室和宿舍。学校很久没修新房子了吧？我去到学校的时候，学校只有一幢二层的小楼，里面是校长及学校其他领导和老师的办公处，一楼有间空房，里面放了一台电视机，电视机是稀罕物啊，那台电视机轻易不放电视，打开的话不但屋子里挤满了人，窗口更是人头攒动。学校里柏树比桉树多，花台里的花草虽然算不上名贵，一到春天倒也开得争奇斗艳。一点都不像学校里的孩子们，大多数面黄肌瘦，看见一块猪肉像看见了宝石。

经常跟她在一起，觉得她的头发漂亮，于是我也学她，把几根黄毛用夹子固定在头顶，同样的发型，我像黄毛丫头，她却是端庄成熟的少妇，我那在农村脸朝黄土、背朝天的母亲和她更是没法比。所以我既当她是同学，又当她是姐姐。

我怎么会跟她成为好朋友呢？她怎会甘愿当一个外形与她相差甚远、乳臭未干的小女孩的好朋友呢？这事呀，还得听我从头说起。

我家住在学校，父亲的宿舍在学校一幢新楼里，分房时抽签，父母抽到了"1"，理所当然，父亲的宿舍就是一楼一号了。一楼有一楼的好处，右边是一块空地，父亲把它挖出来种了点菜在上面。前面的沟可以随意倒水，但走路就得小心一点了，我曾经踩空过一次，把我的膝盖都磕破了。那幢楼只有资格老的教师和学校领导才能住，父亲是从地区中学调回来的骨干教师，当然有份儿了。我们的数学老师就没有那么好的运气，他仍然住在两间土坯房里。

父亲周末要回家，我千方百计想找些借口留在学校，目的是我好一个人独霸宿舍，请闫薇来家里做客。这种机会是在一个月之后才被我捞到，前几次撒谎，都被父亲识破。住学校好是好，也有不好的地方，一旦你在班里有个风吹草动，一会儿，老师就告到家长那里了。初中我迷上了小说，琼瑶的爱情、梁羽生的武侠都是我的最爱。看小说被抓住是常事，每次老师跟父亲告状，老师总是一副恨铁不成钢的表情，父亲满脸羞愧"是，是，是，回头我教育她"。每次被父亲责骂我就暗下决心，以后上课再也不看小说了。可小说看到一半就想知道他们下一步干什么、结局如何，在这当口停下来比小猫挠心还难受，就禁不住把书塞进书包，趁老师转身写板书的时候把书从书包里掏出来，放在桌空里偷看。我去讲台上试过，站在讲台上，学生的一举一动没能逃过老师眼睛的，我在下面做的那些小动作其实老师都看见了，只是有时候他睁只眼闭只眼。就这样，我偷偷在教室里看完了好几本小说。闫薇她可不像我，她是好学生，上课就不用提了，下课后手里随时拿着书本。我发现她有一个毛病，看书的时候喜欢发呆，晚自习的时候也是，我想她的眼睛虽然看着书，思想早不知神游到哪里去了，所以虽然她很刻苦，但她的学习并不是很好，班主任感到疑惑，与闫薇亲近的我却明白个中缘由。

那个绝好的机会我没有撒谎它就自个儿跑来了。星期六最后一节课，语文老师说星期天要测验，所以学生都不许回家。我把这个消息告诉父亲的时候他还不相信，最后他亲自去老师那里求证才相信了。我确实有正当理由一个人留在学校了，他回家之前对我千叮咛万嘱咐的，仿佛他要去几年似的。留我一个人在学校我兴奋得很，一早就把这个消息告诉了闫薇，顺便邀请她晚上去我家改善伙食。闫薇开始还不答应，她怕我父亲，父亲的"恶名"在外，好多同学看到他都要绕着走。她担心我父亲半夜回来，逮着她这个不速之客，我向她打包票。我家离学校也有十好几里呢，再说，回到家，父亲埋头帮母亲干活儿去了，哪还有心思管学校的我？闫薇半信半疑，直到我举手发誓说："骗你是小狗，要不然如果我父亲半夜回家，你就跟我绝交。"绝交是朋友间最大的惩罚了，我如果没有绝对的把握，是不会发这样的毒誓的。家里有面条、小菜、中午吃剩的炒肉。想来想去，我们还是觉得煮面条吃最省事，把家里仅有的菜都放一点进去，洋芋都切了半个放进去，想不到一锅大杂烩也让我吃得直吸鼻子。闫薇毕竟是闫薇，即便是我们俩在一起，她仍然能保持优雅；我就不行了，像脱缰的小马，满屋子乱窜，父亲不让看的《故事会》和《电影画报》都拿来翻了翻，父亲锁着的抽屉也去动了动。闫薇只对《电影画报》上的陈冲和刘晓庆感兴趣。我倒觉得，她们的脸型长得和闫薇差不多，也都是浓眉大眼的，她们是一类人。晚上闫薇准备回宿舍睡觉，我对她说，我家的灯亮堂堂的，你们宿舍的灯才二十五瓦，还吊得老高，七八个人用一盏灯，你们的眼睛迟早会坏的（还真被我说中了，闫薇在初三就戴上了眼镜）。她知道我没骗她，于是她留下了，晚上我们俩睡我的小床，她睡一头，我睡一头，我把她的脚抱在怀里，她长着浓密汗毛的小腿既性感又撩人。

有了第一次，第二次就顺理成章了。以后每次父母不在家我就把闫薇约回家，吃饭、睡觉，这样一来，我和闫薇就越来越铁，我和她的身影经常双双出现在各个场合，图书馆、操场、教室、语文老师的家。看得出来，语文老师不喜欢我像跟屁虫一样地跟着闫薇，但每次闫薇去语文老师家她就约我一起去，她跟老师谈话的时候我就站在窗前，他们谈话的内容我隐隐约约听得见。记得有一次语文老师这样问闫薇："听说李伟给你写信，有这回事吗？"闫薇回答："没有啊，龙老师，秋秋天天跟我在一块儿，不信你问问她。"我的确不知道李伟给闫薇写信这回事，于是我把头伸进窗台大声回应道："没有的事，龙老师，没有男生给闫薇写信。"老师不理会我的回答："没有就好，你回去吧！"班上像我这样的学生还有好几个呢，有一搭没一搭地陪着闫薇这样漂亮的女生、陈芬芳那样学习好的女生成长着。

闫薇家住在离学校很远的一个小山村，有一回周末我跟她回过家，从学校到她家，要过好几条小河，爬数道坡，下无数道坎，战战兢兢地走过无数条窄窄的田埂。她家被水田围住了，屋后的竹林茂盛得很，竹叶像一把把扫把，扫着她家的屋顶、她家的瓦房灰中带亮，瓦缝中有轻烟若有若无地飘着，烟是从她家厨房升上去的，升到屋顶被风一吹，被竹叶扫把一扫便轻轻地飘远了。屋前是一块用牛粪刷过的空地，中间稍高，空地的边缘长着茂盛的草，像一个天然的篱笆，把喜欢偷吃的鸡鸭与水田隔离开来。我去的时候谷子都进仓了，空地上没有谷子，没有谷子的空地便成了鸡鸭的游乐园，大公鸡带领着一群母鸡在空地找虫吃。

她的父母很热情，晚饭时，她母亲拿出家里存着的腊肉和香肠招待我这个小客人，我清楚她家里腊肉和香肠的用处，它们是栽秧打谷时招待帮忙的人的，现在她却拿出来招待我，因为我是她女儿的同学。在她家我自如极了，跟闫薇砍柴，找猪草，生火扫地。吃饭时她的父母老把好吃的往我碗里夹，弄得土碗像小山包似的，我不知往哪里下嘴。

隔锅的饭菜无比好吃，我吃了三大碗，放下碗饱嗝儿不停地往外喷，我不得不蒙住嘴，生怕从嘴里喷出的腊肉味熏着坐在对面的闫薇的父亲。晚上睡到床上，闭上眼睛就做梦了，梦见我的母亲死了，停在门板上，头朝外躺着，我跪在她的前面没命似的哭。我抹着眼泪从梦中醒来，还以为是在自己的床上睡着呢，眼睛半睁半闭地爬下床，选中一个方向就去踢尿桶。在家也是这样，起夜从不点灯，黑暗中只能让脚尖去感知，去碰响，如果用手的话，手就很容易伸进尿桶里。我没踢着尿桶，倒是一个柜子的角撞着我的头了。闫薇听到撞击声醒过来，点亮煤油灯，我方才知道她家的尿桶放在门后，仿佛味觉被疼痛唤醒了，我的确闻到了尿臊味从门后传过来。叮叮咚咚！一大泡热乎乎的尿撒进桶里，回来时灯光下的几步路显得尤其轻松。闫薇看到我脸上的泪痕便拉着我的衣袖问我：

"你怎么啦？秋秋！""我刚梦到妈妈死了，正哭得起劲，原来是梦，是梦就好啦！""那是不是你妈妈晚上吃多了，所以你才梦见她死了呢？""那我昨天吃了那么多会不会有人梦见我死呢？明天我回去问问我家里的人！"

早上起来我仔细打量了一下闫薇的睡房，奇怪的是我进屋怎么没见着门后那个尿桶，即便没见着怎么会一点味道都没有？还有撞到我额头的那个柜子，原来是大红色的，有一小部分漆已经脱落了，门扣是黄铜做的，一把铁锁把着门。我想知道柜子里是不是像我家的为数不多的几个柜子一样，装衣服及贵重的东西，那些零零散散积攒起来的钱也用一块手绢裹了一层又一层压在箱底。

闫薇家住一个很远的小山村，所以她住集体宿舍。接近一米六的闫薇随时显示出大姑娘的样子，就拿她吃饭来说，从来不急急忙忙地胡乱往嘴里扒，头发无论什么时候都是规规整整的，全不像我，遇到好吃的菜，就盯着那一样吃，就像跟那菜有仇似的，为此母亲教训过我，说我没有姑娘的样子。我知道她说的姑娘的模子就是闫薇那样，她也不知道，我跟一个她心目当中姑娘的楷模是好朋友。这种事犯不着满世界嚷嚷，说出来又怕妈妈说我"叫花子吃不得隔夜食"。

闫薇喜欢穿小领西装，里面一件白衬衣。当时我是觉得很奇怪，因为班里的女生没有一个人像她那样打扮，偶尔有老师穿成她那样，可她们是站在讲台上供人参观学习的，闫薇的家境一般，她为什么要那样打扮，我没好意思问她，我猜，她大概以为那就是好看了。的确好看，我看到很多高年级女同学不屑与艳羡相交的眼神。我奇怪闫薇的那些衣裳是从哪里来的，她一个住在山沟里的小姑娘，撇开经济能力不说，那些时髦的款式她又是从哪里得知、在哪里买到。我去小镇上仅有的几家裁缝店看过，他们缝制的衣服款式就像大多数同学身上穿着的那样。原来呀，闫薇有一个表姐在外地，她表姐是个赶时髦的人，她追赶时尚的浪潮却把浪潮的泡沫留在岸上，闫薇的个子和身材跟她差不多，她的那些半新半旧淘汰下来的衣服穿在闫薇身上，像专为她缝制似的，对于这种效果闫薇的表姐看着非常满意，于是便有一批又一批的旧衣服从她住的城市往闫薇家的乡村流动，在她住的小村子和我们学校引领着潮流。

　　一米六的闫薇和一米三的我一起去打乒乓球，乒乓球桌是一张水泥台，网才挂出几天就被刷烂了。烂网也被调皮的学生扔到不知哪个角落去了。学校乒乓球桌的网就是几块缺角的砖头接在一起，这网更加适用，你用多大的力道打到它身上，它就用多大的力道弹还给你。我刚够得着球桌，离网太近的球我就接不到了，后来我想到一个办法，用两块烂砖头搭在脚下，这样一来，身高的不足被弥补了，可是我却不能随意行动，稍不小心就会摔跤，这也不是好办法，最后我不得不把辛辛苦苦从远处搬来的砖头扔掉。闫薇打球尽量顾着小个子的我，实在打得近了，我就孤注一掷地扑向桌台，整个人趴在球台上，也就失去了反击之力，闫薇占着身高的优势，打乒乓球她总是轻轻松松地就胜过我了。我穿绿衣服的时候，整个人趴在上面，闫薇每次都说我像绿青蛙，我穿黄衣服的时候，闫薇又说我像一泡屎，管她说我像什么，和她打球很开心，觉得这时的她这才像个小女娃娃。

　　我总结一下，我千方百计要跟闫薇成为铁杆的原因无非有三个。第一，闫薇是班里最高的女生，我和她待在一块儿虽然有点绿叶衬鲜花、鲜花长在牛粪边的意思，但这是我在开学第一天就想好了的，现在跟她成为好朋友无非是我已达到一个阶段性的终点。

自从我跟她成为好朋友，我不但把腰杆挺直了，同桌的男生对我也较以前客气了很多。第二，闫薇漂亮，我喜欢漂亮，人家说跟谁朝谁，希望我经常跟她在一块儿也能长成她那样。第三，语文老师才气了得，加之长得文质彬彬的，他是我见过的唯一一个跟父亲相似的人，亲近闫薇，无形中会缩短我跟老师的距离。

我们班还有一个女生叫周碧，她的爸爸妈妈是另一个乡里的小学教师，她弟弟叫周武，周碧跟我们一班，周武跟我同级不同班。据说周武五岁上学所以就跟当姐姐的周碧一个年级。我们学校有一个保留节目，就是周碧和周武的男女生二重唱，每次唱毕，都能获得雷鸣般的掌声，我实在是很奇怪，比我高不了多少的周碧声音怎么那么洪亮，小小的她的胸腔里像有取之不尽的宝藏。而周武也是的，明明是一个男生，往舞台上一站，娇俏气就出来了，全然一个秀秀气气的女生，他们姐弟俩的歌居然合拍得那么天衣无缝。我很害怕周碧在教室练声，光捂住耳朵都不起作用，跑进走廊也不行，非得扯着什么塞进耳朵才奏效。周武我不怎么喜欢，唱歌也是好听的，可他越来越娘娘腔，说话走路都像女孩子，特别是有一次我亲眼看见他模仿某个女同学，小嘴一撮、眼眉一挑、兰花指一伸、简直是惟妙惟肖，虽然那只是他在模仿，但自那以后，他的形象便在我心里定格了。在我和周碧相处得最愉快的时候，放暑假她邀请我去她家玩，我爽快地答应了。我一个人走了四十里路去到她家，从天亮走到下午三四点的光景，路上没有歇息，现在想起来我都很佩服自己，我怎么那么能走？胆子怎么那么大？而且我父亲还放心地让我去了。还在老远远地周武就跑过来拥抱我，个子比我大不了多少的他居然把我抱起来转了几个圈，虽然这样我还是没觉着他是男孩子，周碧后来拥抱我的时候，我还在想这两姐弟比我想象得热情多了，那一次放假我在他家待了一个星期。

　　我不是个花心的人，在交友上更不是，自从我跟闫薇成了好朋友，我就没有与其他同学成为好朋友的欲望了。交友跟谈恋爱一样，一头热一头冷，热的那头便很累，特别是要把冷的那头捂热就更不容易了。周碧怎么会离我越来越近呢？我俩的友谊又是怎么像爬山一样越爬越高、最终从云端摔下来了呢？周碧是学校的骄子，她大概是想跟她条件相当的人成为铁杆吧？我理解她这种美好的愿望，就像我——一个矮个子女生想跟班里最高的女生成为好朋友一样。显然我不符合条件，闫薇和周碧也不可能，因为她们俩是完全不同的两种人，闫薇内秀、周碧粗放，闫薇像个大姑娘，而周碧除了嗓门儿大哪里都像个孩子。就像两个武林高手过招，假如中间隔着一个人，那两人的威力无疑会削减许多，但站在中间的那个人弄不好就会被他们强大的内力所伤，而我，就是站在中间的那个不会武功的人。

　　学校的厕所在西北角，由一条铺满煤渣的路连通，读书时每节课下课我都要往厕所跑，即便是我不内急，看到别的人往厕所跑，我就想往厕所跑，如果不去的话，一节课我都会坐立不安。下课时我要离开座位同桌不好说什么，所以我小跑着去，又小跑着回，好在我个子小灵巧，跑得快，可以从三三两两人的缝隙间朝前钻，可以说，课间休息有一半时间是我去厕所时跑掉的。（读高中时更奇怪了，一下课我就趴在桌子上睡觉，仿佛永远没睡够似的。）周碧在前面慢走，我照例准备小跑着超过她，她看到我快跑进厕所了还追着我问："秋秋，你也是上厕所吗？"我心里想，这不是废话吗，如果不上厕所我会往里面跑吗？她又问，"你是不是有什么病？我看你每节课下课都往厕所跑呢。"我有点恼火，这不是明摆着骂人吗？谁有病呢？谁有病呢？不就是比你多跑几趟厕所，就好意思把病灶往别人身上挂，我跟你有什么深仇大恨，居然如此诅咒我？我没有发作，因为我想赶快跑回教室，跟闫薇说几句话。厕所里没有旁人，我拉起裤子的时候周碧才走到，我看到周碧半蹲着拉下裤子，从身下取出一条带血的布条。"啊！周碧，你病了吗？淌那么多血？"周碧说："我大姨妈来了，腰有点疼而已，所以不像你跑得跟兔子似的。""大姨妈？它是大姨妈？哈哈哈，我家大姨妈不是这样的。可闫薇那么大的个子怎么没来？"厕所里堆着些带血的草纸，那是高年级的女生丢下的，"月经"我是听说过的，大姨妈我还是第一次听说。才初一下学期周碧的大姨妈就来了，据我所知，我们班里来大姨妈的周碧是第一个，想必是她太骚了吧？小小年纪就来月经，我脸上不觉露出鄙薄的神情。周碧好像知道我在想什么似的，她说："你不要觉得脏，你以后也会来大姨妈的，是女的都得来这个，不然就不是完整的女人了。"对她的话我压根儿就不相信，我觉得是她在开脱罪责。但我看到了我不太熟悉的人的隐私，好像犯了很大的罪，回来的时候我走得慢腾腾的，我在想周碧淌那么多血，需不需要扶她一下，可挨了好一会儿周碧都没有出来。

我最喜欢春游了，比放大假还要高兴。放大假要做很多作业，父母也不会让你闲着，一放假那些猪的温饱问题就交给你了。做饭也是的，不管做得好不好吃，只要做得熟，他们就放手让你做。春游一来图游，可以从教室走到某个未知的山沟沟里，虽然班上的学生大多数是从山沟沟里出来的，但别处的山沟沟对我们还是有诱惑力的。以春游的名义去到某个山沟沟，就像离家经年的女儿回家，多了几分衣锦还乡的味道，更何况是全班同学一起，更何况是拿了锅碗瓢盆、柴米油盐去小河边搭一个小灶，几个人合力做一顿饭吃？无论家里怎样紧巴，春游这天也会给孩子一丁点儿零花钱，让他们去买平时舍不得买的零食。你想想看，全班五六十个孩子，所有的孩子在路上都会拿出自己的零食与旁人分享，而自己的孩子却什么也拿不出，干望着别的同学淌口水，混杂的香味不但往鼻子里钻，它还钻到你的胃里鼓捣你的胃液，多难受哇！父母能体味这种痛苦，所以春游带干粮和零食就顺理成章了。

我盼着春游，从新学期一开学就盼着了，但怎么着也得等到三月底四月初才会去。到时候天空晴朗了，该开的花都开了，该绿的草都绿了，河里的水哗哗地流动起来了，蝴蝶和蜜蜂成群结队地在花丛中飞舞，是时候看看它们去了。春游的头天晚上会失眠，想到明天的春游就会异常兴奋，即便是每年都会去春游还是如此，一会儿担心东西带漏了，一会儿操心跟自己分在一组的同学是否有趣、好玩。把以前春游的经历都想上一遍，想想以前春游期间犯过哪些错误，这次提醒自己避免再犯。

好在不是按课桌的顺序来分，要不然就惨了，如果按座位来分，我得跟同桌的男生一组，多无聊呀！不能跟闫薇一组春游的乐趣便少了一半。我们这组是老师点的，我、闫薇、朱志强、周碧一组，不知老师为什么这样分，也许自有他的理由吧？但老师不说，当学生的我们也不方便打听。朱志强是个子高高的男生，听说他力气大得很，我猜测老师把他分到我们组是让他帮我们背东西的。我觉得周碧和朱志强很陌生，相信在他们心里，我也是同样陌生，老师把分组情况宣布后，我们四个脑袋就自然而然地凑在一块儿了。我家住在学校，锅碗瓢盆自然是拿我家的了，其他东西也各有分工，该带的东西拿一张纸记着，谁带了就画上一个钩，这样做就不会遗漏了。春游组合是老师定的，闫薇跟我一组我想得到，我也希望跟她分在一组，要说朱志强是因为个子高、力气大的话，那么周碧呢，她唱歌好听有什么益处，总不至于让她一路上唱歌给我们听吧？

分在一组的人春游这天一天到晚都得待在一起。

在学校时队伍还是整整齐齐的，出了校门就显得稀稀拉拉的了，组与组在路上分得很清楚。朱志强是男生，力气又大，重东西都让他背着，闫薇和周碧各提一个小篮子，里面装着小菜和调料，我的书包里便是我们三个人凑钱买的零食了。有水果糖二十颗、米花糖十小节、饼干一包、豌豆饼四块，我的书包里还有几张报纸，是做饭时放在地上摆东西用的。走出一段路老师远远地喊："周碧，大家都走得有点累了，你唱个歌吧！"周碧脆生生地答应了声："哎！"她唱的是《南泥湾》，"花篮里花儿香，听我来唱一唱……"也许是没有话筒的缘故吧，周碧走在田埂上唱的歌没有在舞台上唱得好听，有些同学根本就没有听，他们打打闹闹的，跑着把周碧和听着周碧唱歌的人抛下一大段路。周碧唱完我使劲拍掌，她是我们组的，我们组有人伸头唱歌是好事呀，再说她的声音像百灵鸟，她唱歌的时候，田里麻雀在叽叽喳喳的，怕是应和她呢。除了那几个跑远的同学，其他同学都拍巴掌了，唱完后老师提议让她再唱一个，她无论如何也不愿再开口了，我走在她旁边，听得出来她已经唱累了。想想也是，田野里的树、麦子、花草，田里的老鼠，树上的小鸟都在听她唱歌，听她唱歌的物事一多，她会不会感觉特别累呢？我也不赞成她再唱了，还有好大一段路要走呢。

春到深处一切都和往年差不多，但在春游的我们看来还是觉得新鲜，我不知道老师怎么知道这个小山沟的，他怎么知道那里有一条小河，是不是之前他来探过路或者找什么人咨询过，我对这些很好奇但是我又不敢问老师。我们去的是一个陌生的小山沟，用来煮饭的水都是我们没有见过的。在山里的小溪，相同的水我们只能见一次，下一次你再去看，你看到的水绝对不是你上次看到的水，你上次看到的水不知流到哪里去了。站在学校的高处隐隐约约看得到我们将去的小山沟，看起来不远，但走起来至少得三个小时，这陌生的道路、陌生的小山沟、陌生的小溪都得靠我们的双脚带着我们的身体去感受。

　　走三个小时，即便是一路上有美景相伴，有心仪的人在身边，两尺宽的路边长着花花草草，但是到了目的地，大家还是觉得累。别小看我背这个书包、闫薇她们提的篮子、朱志强背的比在家里干活儿时背的轻十倍的砧板等，但任何轻巧的东西背上三小时也会变得沉重。我书包里的东西已经消耗得差不多了，无疑我是最轻松的，当然我还得说，我是个子最小的、体重最轻的。有时路边有一块石头，同学们都会争着去坐，这种事情周碧会去做，闫薇和朱志强就不会，他们笑着看同学落座，就站在旁边等上几分钟，用手绢扇扇额头上的汗水。累归累，到了目的地，他们把肩上的东西往地下一扔，便又生龙活虎的了。要不然就顺势在地上打个滚儿，然后躺在草地上把两腿分开，一个大大的人字便书写在碧绿的草地上了。我跑去看那条小溪，溪水欢快地从石头上往下跳，从石头缝里折着身子前进，找不到一模一样的姿势，溪水是最会钻空子的精灵。也多亏了那些大小石头，要不然溪水流动的样子还不像了郁郁寡欢的落泊少女？冬天才过去不久、夏天还离得远远的时候，溪水是最清澈的。我们驻地的对面是一个八十度的山崖，山崖上的树木和草连成一片，一点缝隙都没有。那个绿呀，就像要从山顶奔泻而来。四周的景色都是一副吃饱喝足的样子，老师选在这个时候带我们出来春游无疑是最正确的选择。

稍事休息，我们便忙开了，一个小组选一个位置，一个小组离另一个小组不能太远也不能太近，最上面那组离最下面那组大概有二百米吧，我们组在中间。下面那组有个男生喊："王昆，你个家伙不要在上面撒尿，要不然老子把你阉掉。"也不知上面的人听没听到，反正他们忙着呢，谁也不想理会他。铺开报纸，把带来的东西悉数取出，挨着摆好。朱志强负责在土坎上挖灶，我去半山腰找松针来生火，闫薇和周碧一个洗菜切菜、一个淘米煮饭。

米饭的香味从锅里喷出来，香得不得了，等锅里的水分干得差不多的时候，朱志强就用两片树叶包住锅的耳朵，把饭锅端在一边放着，接下来该闫薇表演了。这时候老师走过来："我加入你们组行不行？有没有煮着我的饭？""煮着了，煮着了。"我们异口同声地回答，其实我们做饭的时候没有算着老师的份儿，我们根本没想到老师会来跟我们一起吃饭，我们担心饭不够，但是饭都煮好了，到时候随机应变就是了，我想每个人心里都想着吃饭的时候少吃半碗就够老师吃了。闫薇炒菜的本事我在她家见识过，麻利得很，普普通通的小菜在锅铲下翻几下，就变成一盘好菜了。我在想谁要是娶着闫薇当老婆该享福了，又漂亮又贤惠。老师站在一边背着手看闫薇炒菜还不觉得过瘾，他非要亲自上阵，他吩咐我去河边掐一把马蹄莲，说要给我们做一道又好吃又利于健康的凉拌菜。马蹄莲到处都是，可是我不知道它可以吃。我没有刀子，只能用手掐马蹄莲的叶子。周碧也跟我去了，我们俩各掐了一大把，老师看到我们拿回去的马蹄莲，连呼可惜，他说如果用刀子剜更好，把马蹄莲的根剜起来洗净跟叶子拌在一起，但在山野之地只好将就了。老师拌的马蹄莲果然很好吃，先前只知道老师书教得好，有学问，爱穿中山装，现在知道他做的菜也是很好吃的。

可能因为老师跟我们在一起的缘故，我们吃饭比其他组的都要慢，别人都吃好了我们还在吃，弄得同学们都远远地看着我们，那样我们就更不好意思下嘴了。老师倒不在意同学们的目光，连夸闫薇炒的菜好吃。老师来的时候我们还担心饭不够吃呢，吃到最后还剩一大碗。菜被我们一扫而空，空了反而好，我们就能轻轻松松地往回走了。

春游回来，觉得朱志强和周碧两个都挺可爱的，之前不知怎么会觉得他们那么难以相处呢。是因为我个子矮了觉得高就是障碍还是因为我唱歌不好听，对唱歌好听的人打心眼儿里抵触？我把我的想法告诉了闫薇，她也说他们俩其实也不坏，以后我们要多在一起活动。

周碧和闫薇、朱志强他们三个都是住校生，星期六回家星期天回校那种，每次从家里来都会带些咸菜，有时候也带几片腊肉、一小截香肠，遇上杀猪的话，还会带用罐头瓶装的酱炒肉。可惜我不能跟他们一起吃饭，享受他们从家里带来的美味，我只是偶尔到他们宿舍的时候，他们就会把封得紧紧的罐头瓶打开，给我解解馋。母亲也腌咸菜，就我吃过的咸菜来说，没有味道是完全一模一样的，我觉得那是各自的母亲的味道溶进了咸菜里，天天吃母亲腌的咸菜偶尔吃一次别人家的，便觉得别家的腌得更好一些了。

有一天我去闫薇的宿舍找她，我都走到她床面前了她都没看我一眼。寝室里只有闫薇一个人在，我看见她在床头那个红色箱子里翻找什么，我很少看见闫薇这种心烦意乱的样子，连我都吓住了："闫薇，你在找什么？急成那个样子。你不要着急，找什么慢慢找，找不着我来帮你找就是了。"闫薇不接我的话，自顾自地嚷嚷："妈妈明明给过我了呀，我明明放在这里的呀，怎么会找不见呢？""什么嘛！"我很大声地问她，这时闫薇才转过来头看我，她像抓着救命稻草似的："秋秋，秋秋，你快上来，帮我找找看，我都找一中午了，还是没找着。"我快速地把凉鞋从我的脚上扒下，迅速爬向她住的高床："怎么啦？"闫薇神秘兮兮，还带着点兴奋劲儿。"那个闫薇，你说清楚，我讨厌你这个样子。""我大姨妈来了。""大姨妈？你的大姨妈真来啦？她在哪儿？"闫薇笑起来了："不是真正的大姨妈，是那个大姨妈呀。"我猛然想起周碧说的大姨妈，片刻我的兴奋劲儿也上来了："呀，你的大姨妈来啦，太好啦，终于来啦！"闫薇摆摆手："你叫什么叫？隔壁还有同学呢，你不害羞我还害羞呢。"于是我压低嗓门儿："你别急，我去找周碧，她知道怎么办，有一次我在厕所看到她大姨妈了。"闫薇笑了，她说我一颗豌豆似的女同学居然去偷看人家的大姨妈，也太恶心了吧？她这话让我很生气，我哪是存心要去偷看的："你放屁，我好像跟你说过，我是不小心看到的，我才不稀罕看那么恶心的东西呢。""好好好，恶心，恶心，那你帮我找找那条卫生带吧，就在箱子里，可我怎么也找不着。"找东西我最拿手了，这种本事是经过屡次验证的。我把红箱子里的东西像散花一样一样样儿地扔在床上，把箱子掏空了也没找着卫生带，我不甘心地在那堆衣服里乱扒拉，还真别说，那条夹在花衬衣里的卫生带还真被我扒拉出来了。闫薇像找着宝贝似的把它抓在怀里，管也不管我迅速溜下床往厕所方向跑去了。匆忙间我把那条卫生带看清楚了，还闻到一股淡淡的樟脑球的味道。

　　我很久没吃到朱志强带来的咸菜了，有点想念。在路上遇着他的时候我就喊："朱志强，把你从家里带来的咸菜给我吃点嘛，好久没吃想吃了。"朱志强应该是听到了，但他假装没听见，低头往前走，我不依不饶，声音提高了，"朱志强，你这个小气鬼，才吃你个咸菜就把你吓得像老鼠似的，以后不跟你玩了。""哦！"朱志强像刚睡醒似的，"我好久没带咸菜来了，这个星期回家我一定带来给你吃。"闫薇也招呼他："朱志强，什么时候我们再在一起玩？上次去春游我们几个还是好玩得很呢。"我突然不想听朱志强讲话了，就拉着闫薇在学校里瞎转悠，转着也觉得无趣，刚好那天是赶场天，我就提议去约周碧赶场，闫薇答应了，于是我们向周碧的宿舍走去。

　　周碧的宿舍离闫薇的宿舍有点远，她跟我们班另外几个女同学住一块儿，我跟那几个女同学关系一般，反正不是放假了还想着找她们玩那种。周碧的宿舍我去过几次，布局和闫薇的宿舍差不多，不过比周碧她们住的那幢房子更旧，墙壁斑驳，有些地方还通着洞，冬天风就呼呼地往里吹，冷得很。"周碧，周碧。"闫薇还没到门口就叫了，我走在她身后，闫薇刚走到她的宿舍门口就直往后退，好像踩着蛇似的。我也看到了宿舍里的情景，朱志强和周碧俩坐在一张破烂的课桌前，桌子上放着两瓶咸菜，其中有一瓶是以往朱志强常往学校带的。他们俩也看到我们了，脸红红的。要不是闫薇使劲儿把我往外边拉，我还想进去问个究竟呢。闫薇不让我管我就不管了吧，如此一来，我们四个人刚刚建立起来的关系算是瓦解了。后来周碧跟我解释她和朱志强那天为什么会在宿舍里我也懒得听，她还去找过闫薇，闫薇说她不会认为他们俩有什么，她还认她是好朋友呢。后来我们还在一起玩过，四个人都不怎么自在，以后谁也不提议再在一起玩了。

后来周碧也不常上舞台唱歌了，学校的活动少了周碧的歌声我总是不习惯，直到一个新生被音乐教师成功地挖掘出来。朱志强没考上高中，回家种田去了。初三时闫薇就搬离了，听说她跟父亲去了外地，我记得她给我写过一封信，我也回了一封，再后来就没有她的消息了。而我的大姨妈在我初三快毕业的时候来了，好在之前看见过周碧的大姨妈，还帮闫薇找过卫生带，对于它的不期而至，我能从容面对并处理得很妥当。

初中三年我长高了二十厘米，初中毕业填体检表时，身高那一栏填的是一米四五，和周碧差不多高了，我和我们班的女同学站一块儿，我再也不是最矮小的那个人，再也不是因为矮小而吸引众人眼球的那个人了。

# 朱小萍进城

我是朱小萍，来小城有两个月了，在这两个月里我擦了多少双鞋我忘记了，很多很多，多到数不清，也数得清楚，只是我没记。我虽然初中都没毕业，但是如果我把那些数字记下来，我肯定能知道是多少。

刚到的那几天，我不知道如何擦鞋，看店里的老员工熟练地把一双双肮脏的皮鞋擦得像新的一样，我就羡慕得很。我想，要是有一天我能擦出那么干净、锃亮得照得出人影的皮鞋该多好啊！那时候的我以为擦鞋是一项很复杂的工作。用几种油、有那么多道工序，还有她们双手摆动时自如的样子，我就想，我什么时候才能学会呀？

刚开始学的时候我总是东张西望的，因为如果把擦鞋的动作分解开来它无趣得很，有时候我看到她们讲话加上慢吞吞的动作我就想打瞌睡，教了几次我还没有学会她们就骂我，说我不但笨，而且还懒，根本就不是一个想认真学东西的人。姐姐们面对客人是兴奋的，而面对我一个初学者却是不耐烦的，不知道她们刚开始学的时候是不是像我这样。我心里其实很想快点学会，但真正动手学又觉得缺少动力。是呀，做事需要动力，我在家里割猪草是因为看到猪崽一个个长得膘肥体壮的，捞到鱼高兴是想着晚上有一顿丰盛的晚餐。老板许诺给我的每个月三百元的工资我还没有拿到手过，如果拿到手的话我想也会学得更起劲儿些。

每天吃饭上班、上班吃饭，非常单调，见的是鞋子、闻的是鞋子和鞋油味道、见的是擦鞋的姐妹和擦鞋的人，反正一切都是和鞋有关的。在这个店里，鞋子才是主人和上帝。以鞋子为主的环境我还不习惯，一时半会儿我还不能把我的身影从山林移到这个小小的店里，还不会把那些堆在地上的肮脏的皮鞋看成蘑菇，一时半会儿我还是觉得孤单，那种感觉比村里的小伙伴都外出打工只有我一个女孩子在家时还甚。

几天前，我还是一个太阳出来出门、太阳下山回家的村姑，此刻我却坐在城市的某个角落，大理石铺就的地板、雪白的墙壁、绿色的凳子。我总想着太阳落山了我该回家了，可太阳落山了店还开着，那些吃饱喝足的客人会在晚上来我们店里擦鞋。既然来了我就是店里的一员，我和阿菊她们一样希望客人多来擦鞋，把走了一天的肮脏的皮鞋擦干净，让鞋子在鞋柜里像他的主人一样，安静地睡一觉。

这是一间二十多平方米的店铺，里面的服务员连我共三个人，比我大一点的叫阿菊，她是个热心的姑娘，最大的那个是琳子，是店里资格最老的员工，老板不在的时候就是她管着我们俩。琳子长得漂亮，能说会道，深得老板喜欢，如果有客人买东西大多由她出面接待。这个店的门头是碧绿色的，里面的收银台和货柜也都是绿色的，白色的墙壁镶着几根绿色的线，这种装饰方法让我耳目一新，感觉像我们村里种的麦子、油菜、山药。没客人的时候我们就坐在靠墙的位置，谈话、打电话、听歌，有客人进店的时候就一起站起来，看到别人去迎接客人其他两位就待在原地不动。刚来的时候我觉得我是多余的，她们聊天时当我不存在，她们擦鞋的时候更显我多余，只是在晚上关门后洗客人送来的鞋的时候她们才会叫上我。

　　既然出了门，我就不想什么都没学会就回家，没挣到钱空着手回家村里姐妹们会笑话我的。我在家时，每年过年她们从打工的城市回来，不但衣着光鲜，连讲话的声音都变了，还有的姐妹脸变白了，白得呛眼。现在我知道是什么原因让她们的皮肤变白了，因为她们整天待在店里，晒不着太阳淋不着雨，在家里却是日晒雨淋的，所以我刚从村子里出来的时候整个就一个黑妞，好在眼睛很亮。她们的白却是我喜欢的，这也是我的表姐劝我出来打工我听从的原因之一。再就是我家里很穷，据说出去打工一个月能挣几百块钱，如果在家的话辛苦一年也只能挣到几百块，所以即便是表姐介绍我去擦鞋我还是答应了。

　　过年时，出外打工的姐妹就会像山雀一样飞回来，带回很多新鲜的小东西，把山村宁静的空气搅得沸腾起来，过完年她们又相继飞走，好像山寨只是她们暂时的家，她们真正的家在她们打工的城市，那里有一张属于她们的小床。而留在家里的少数几个因为各种原因不能外出打工的年轻人，就眼巴巴地看着她们扑棱棱地飞出山沟，自己却留在黑黢黢的山里。

　　说窄巴巴的小床一点儿都不夸张，店里三个人睡的床挤在一间不足十平方米的小屋里，窗子用一块破布遮着，房间的多余空间仅够两个人转身，如果我们都在屋里，必须得有人待在床上，要不然，就会有连气都喘不过来的感觉。店里的生意时好时坏，做生意不像种庄稼，庄稼种下去你给它施肥，到秋收时节你就会收获，而做生意不同，你不知道今天会不会有人光顾你的店，也不知今天会不会有人来店里吵闹，为一个你无法解释清楚的质量问题赔偿。有时候想着要关门了，今天的营业额却少得可怜，快要绝望的时候又会来几个客人，他们的慷慨让你着实吃惊不小，心里的高兴劲儿也不能表现出来。

　　我听店里的姐妹说，这个店是前不久才从另一条街搬来的，老店刚装饰一新，房东就通知搬走，为这事老板很伤心，说起来几欲落泪。那一块块贴在墙上的装饰物都是用血汗钱换来的，而那些已被一锤一锤砸掉的也是凝固的血汗，是擦鞋店辛辛苦苦一年甚至更久才挣回来的，但有什么办法？人家的房子，说不租给你，搬走是唯一的出路。

　　这条街的街道两旁种满龙眼树，如果龙眼熟了，晚上就会有很多偷摘龙眼的人。巡街的警察路过这条街的时候他们就蹲在树上不出声，等警察走远了他们才像猴子一样从树上跳下来。既然是在我们门口，小便宜我们也曾占过。那是老品种龙眼，核大、皮厚、液汁少但是很甜，我也曾吃过从其他地方运来的龙眼，看着个儿大汁多，但并没有这种小龙眼好吃。偷龙眼的人摘走龙眼也就罢了，他们还把树枝折断，每年，龙眼摘完，街边的龙眼树一棵棵都像得了一场大病，要过很久才能恢复元气。作为一个从山里出来的孩子，我最不希望看到无论什么树因为人的原因而死掉，即便有时候觉得它们碍事。在我们山上，你不能说哪棵树不该长，哪个石头待在了它不该待的地方。但城里就不是如此，比如另一条街，本来栽的是棕榈树，那些树高得都伸到五层楼顶了，突然有一天，挖掘机开了进来，不过一天时间，那些树都被连根拔起，那些巨人在钢铁手臂

72

的撕扯下一个个毫无还手之力。挖掉棕榈树后，他们又种了一条街的三角梅，三角梅开花时漂亮得很，别说是一整条街了，但是这些花是以一些棕榈树的铲除为代价的。当然，我不能把这一切都归罪于三角梅，是棕榈树在那条街某个时期的使命已经完成，尔后它们去了它们该去的地方。

对于那些偷走龙眼损坏树的人，从山里人的角度出发，我是希望警察来抓走他们。如果不是因为他们的破坏，街边的龙眼树会长得更高大，我们的店就不会被太阳照射着，害得我们只能靠着墙才能躲过它的照射，如果我闭上眼睛，加上楼顶上翻飞的燕子，晚上睡觉时我会以为我回家了。

我们的店正对着医院的后门，那扇门经常上着锁的。我觉得奇怪，好好的一扇门干吗要锁着呢？前面挤得水泄不通，有一扇门却闲着。久了我才知道，这道门不轻易打开，如果它哪一天打开了，就说明医院里死人了，而大门旁那间浅绿色的房子就是停尸房。刚知道对面是停尸房我心里直发毛，几天晚上睡之前我就会不由自主地想到，天啊！对面是停尸房，里面停过不知有多少死人，而位于它对面的我们这幢小房子，不知有多少鬼魂在窗前游荡。还是店里的姐妹打消了我的疑虑，她们说不用害怕，停尸房里根本不停死人了，虽然是停尸房，如果医院真有病人去世，一天之内家属就会把他们拉走。那就是说，有些从那道门开出来的车，车上可能装着死人。等那道大门再次打开的时候，我的确看到一辆中巴车从里面开出来，我计算了一下车辆的长度，它不但能装得下一个平躺的人，还能装得下几个亲人，分两边坐着。

我经常看到有车从那道门出来，意思就是说经常有人离开这个世界。假如说正门是生之门的话，那么后门就该算是地狱之门了吧。他们从店前过，就像一个个过路的人，只是他们再也不会朝店里看了，或者被店里嘻嘻哈哈的姑娘们吸引。被擦鞋妹吸引的人肯定很奇怪，几个擦鞋的为什么会这般高兴？擦个鞋有什么值得高兴的呢？在我看来，这是他们在妒忌一无所有的我们拥有的快乐。

不知是不是因为挨停尸房太近的缘故，我觉得路边的树叶子跟我们村里的龙眼树的叶子不怎么相同，这里的树叶是深绿的，像在绿色上涂了一层灰。在空中横七竖八的电线也为燕子提供了便利，它们一群群密密麻麻地停在电线上，肆无忌惮地往街上拉屎，路上都是一团团的白中带黑的燕子屎，也有运气不好的行人，燕子就把屎拉在他们身上。这是没办法的事情，有人管天，有人管地，但无人能管得住燕子的屁股，燕子也不会听从人的旨意，把屎拉在人们愿意拉的地方。如果要让人愿意的话，人们是希望燕子只带来吉祥而从来不会拉屎的。运气不好被拉到头顶也只有自叹霉气朝地上吐几口唾液，然后就近找个水源洗干净而已。

所以从这条街打伞的人要比其他街道多，也算是一道奇观吧，但是如果老天不下雨一个男人打着雨伞也挺让人生疑的。总有人不相信他会如此倒霉，不相信是一回事，但谁也不能抗拒燕子把屎拉在你的头顶、肩膀或者背上，心态好的会就近找个彩票店买几张彩票，更多的人会一言不发，像已习惯于承受噩梦的侵袭一般。

我开始以为那些像蝗虫一样绕着医院飞的是乌鸦，我想医院有停尸房，就一定有腐尸味，弥漫医院的药水味也许是乌鸦喜欢的。我讨厌那种气味，每次去医院看病就恨不得马上离开。乌鸦喜欢腐尸和来苏水味，所以它们像蝗虫一样绕着医院飞，绕着停尸房飞，而燕子却是为什么呢？它们可是喜欢春天的鸟儿，喜欢温暖和明媚的鸟儿呀。哦，是了，在我发现黑压压地飞着的鸟儿不是乌鸦后，那叫声便由"呱呱呱"变成"叽叽叽"的了。它们为什么偏偏跟医院和病人这么亲近？难道这里有一股人类不易觉察的温暖和明媚？

也许是的。没有人给我解释，店里的小姐妹也觉得奇怪。飞到小城过冬的燕子大多停在这条街的电线上，密密麻麻的，没处落脚的燕子就绕着停尸房飞，一个个或大或小的黑色的椭圆便迅速形成又迅速解散，好像有谁在暗中喊口令似的，它成了小城一道奇异的风景。因为有了停尸房的存在，这条街的店铺换手率特别高。这不，旁边有个早点铺，转让告示都贴了两个月还没有转出去。去其他街道闲逛的时候，我看到小城的好多店铺门口都贴着"铺面转让货物清仓"字样，听店里的客人说，金融危机已经危及这个偏僻的小城了，好些店铺因为经营不下去都贴出了转让告示。在潮流来临之时，谁还敢接烫手山芋？像我们的小店能支撑下去已经是很不容易的事情了。

我服务的第一个客人是一位女士，她进来的时候另两个店员都忙着呢，只有我坐在凳子上东张西望。我心里想的是请她等一会儿，等她们擦完了再给她擦，我还没有做好上阵的准备，虽然我学了半个月，如果只是擦客人送来的鞋子，我可以把鞋擦得干干净净，可以把肮脏的皮鞋擦得照出人影来。但客人穿着鞋让我去擦我还是没谱儿，我怕做错了什么，惹客人不高兴。阿菊姐指指我："小莲，你上，你给姐姐擦。"我急得连摆手："我不会，我不会，等你们擦完了再给她擦吧。"阿菊姐发火了："让你上你就上吧，你不去尝试什么时候才能独当一面？你已经来半个月了，以前我们一个星期就坐在鞋箱前给客人擦鞋了。"是吗？不知不觉我已经来了半个月了呀，也没觉得过去的半个月有多难熬呀，况且我跟阿菊姐她们熟络了，她们聊天也会拉上我，我感觉我在慢慢融进这个店里，就像揉面，多揉几遍就能揉成一团。一种让人害怕又令人欣喜的感觉。

总有一天我要回到山里去，如果我完全陷进城市的生活以后我回去的时候该如何抽身？会疼痛的吧。就像我刚到小城头几天，我觉得小店以及路边的行道树都不愿意接纳我。如果我离开大山太久，它们免不了会忘掉我的气息。

山野丫头经过擦鞋店半个月的鞣制，好像也软和了很多。那位漂亮的女士也鼓励我："小姑娘，来嘛，擦不好没关系的，万事开头难哦。"我不好再推辞，端端正正地坐在鞋箱前，我的坐姿很别扭，我想把两腿分开，那样坐着会更舒服，但是在陌生人面前我似乎不该那样做，因为妈妈说过，女孩子坐着的时候腿要并拢。我从鞋箱里拿出鞋挡板，插进客人的鞋子里，鞋挡板有点不听使唤，也许是这位女士的鞋太紧了，我插了几次鞋挡板还是滑了出来，最后我只得用手指使劲摁，又怕把客人的脚摁疼了，我抬头看客人的脸色，她没露出异样的表情我才放心下来。第一遍是用清洁膏清洁鞋子的污垢，用鞋布把鞋面上的液体清理干净；第二遍是上保养油，为了让皮革更好地吸收保养油，我用布轻轻地擦拭鞋面，直到油全部被皮革吸收为止；第三遍是上美容霜，上了美容霜鞋子该亮了；第四遍是真皮油，我说不出美容霜和真皮油有什么明显的区别，当然包装是不同的，但是作用都是为了增加鞋子的光泽；最后一道是喷净菌剂，净菌剂是杀菌除臭的，使用说明说得很玄乎，不知喷上了会不会真有那么大的功效。开始擦的时候我手有点发抖，一会儿就恢复正常了，那位好心的女士一直不断地鼓励我。在她不断点头示意下，我终于把鞋擦亮了，女士很高兴，她夸奖我学东西学得快，才来没几天就上手了。对此我能说什么呢？我居然可以一对一地为顾客服务了，我居然也能跟顾客交流了，虽然我听进的多，说出口的少。等客人都走了，阿菊姐说："你看你看，小莲，凡事都有第一次，以后你再擦鞋就不用紧张了。"我跟阿菊姐说："都是你教的，再说，我也是遇着了一个不挑剔的客人。要是遇着一个爱挑刺的客人，说不准他会说我什么呢？"我翻翻了那位客人的资料，她姓许，我想以后她再来的话我就叫她许姐。

店里来了一位男顾客，他把车停在路边，就急匆匆地走进店里，把一双白色的皮鞋摔在柜台上，嘴里不干不净地骂起来，口口声声地说要砸了我们的店。我很害怕，身子一直往后缩，我很害怕他抬手打我们，直觉告诉我他是一个会对女孩子动手动脚的人。还是琳子胆子大，听他骂停了她才拿起鞋子看，鞋面起泡了，像人的皮肤被水烫着了似的。

"噫，你的鞋怎么会这样？我们从来没遇到过的呀。"

"你还有脸问我，我问你，你们是怎么弄的，怎么会把我的鞋弄成这样？这样子的鞋谁还敢穿？"

"我们擦了那么多鞋从来没见过这样的，奇怪了。"

"你也别多说了，你们赔我鞋吧，我才穿过几次，一千多块钱买的。"

站在琳子边上的阿菊也拿起鞋来看："你这双鞋是人造革的，穿久了它就会起泡。"

那位看起来很体面的先生压根儿就不信，他差不多要跳起来了，挥舞着手作势要打琳子。琳子的身体缩成一团，阿菊用手抱住了脑袋。幸好，那位先生在手落下的一刻把手收了回去，我的心也跟着放下来。

"你们不懂就不要装懂，把你们老板叫来，叫他给我一个说法。"

琳子说："你等一下，我这就打电话。"

琳子在电话里描述了事情的经过，几分钟以后，老板来了。我始终不敢说话。

在那位男子试图抬手打老板的时候，老板居然把身子向前挺了挺。这时店门口站了好多围观的人，像我们山村里来了耍猴儿戏的，很多人等着看猴儿戏一般。看围观的人越来越多，那个男的就打消了动手打人的念头，但他的嘴从进店起基本上没有歇过，从他嘴里说出口的话有好些是我从没听过的。我来城市里这段时间，见的大多是衣冠整齐干净、举止得体的人，贸然见到这样一个骂骂咧咧的男人，仿佛觉得是村里的某个男人因为找不到他的不听话的畜生而大发雷霆。但回过神来，我看到人行道上站满了人，哎，我的思想又开岔了。事后阿菊和琳子都说我是胆小鬼，遇事就知道往后躲。当时我的确很害怕，我从来没想到过穿得那么体面、举止那么优雅的男人会发那样大的火，他好像是想一口吞下我们三个来城里打工的农村女孩子。如果他有女儿的话，他女儿应该跟我差不多大吧？但是我可不想当他女儿，他刚才的表情太可怕了，我父亲从来不会以那种态度对待我。我父亲是农民，读的书比我还少，但他很少发怒。如果他的孩子不听他的话，他只会叹气，然后吆喝狼狗去深山里打猎。

老板进来时脸色很不好，想必谁遇到这样的事情脸色都不会太好。他没有说话，只是拿起鞋子去太阳底下看了看。看后他的解释和琳子的一样，说他这双鞋是人造革的，所以上油后会起壳。那男士又要大发雷霆，被老板用言语止住了。

"买鞋上当的人多的是，我们遇到过好多了，不过这件事情我们也有错，我们不该给你的鞋上油，如果不上油鞋是不会变成这样的。你想怎么办吧？"

"你们赔我吧，这双鞋我一千三百元买的。才穿一个多月，你们就赔我一千二百元吧！"

"哼，一双人造革皮鞋要赔那么多钱，怕是想钱想疯了吧？真够不要脸的。"这些话是我心里想的，不敢说出来。

我们老板说："我们赔鞋是要客人提供发票的，如果你提供不出发票，对你说的一千三百元我又如何相信？我并不是说你在撒谎，看你的穿戴你用不着因为一千多元撒谎。"

那位客人又跳起来了："谁买东西还留着发票呢？你脚上穿的这双鞋，你找发票出来我看看？"

"你说你这双鞋才买一个月，还在保质期啊。如果你没有发票或者收据的话，如果出现质量问题谁给你换？我这双就不同了，穿两年了，根本不涉及理赔的问题，所以发票已经没有用处了。"

那位客人说："你们把我的鞋弄坏了还有理了，看来得把工商局的人找来解决。"

老板说："行，你找工商局的来解决吧，我们等着。"

那位客人掏出手机，拨了一个电话号码："喂，老强，我是小华，我在金华路擦鞋店，你过来一下，有点事情需要你们帮忙解决。"说完他就把电话挂了。老板找了个凳子坐下来，吩咐我去给客人端来一只凳子。客人张开腿整个身子压在凳子上，显然他也骂累了。

我们等了很久，那个客人又打了电话去催促，接电话的人说他们已经出来了。大概等了半个小时，两位穿工商制服的男同志才来到我们店里。他们来了以后径直坐在擦鞋的座位上，也没注意老板就坐在他们后面。他们一坐下就开始训斥我们：

"你们这些人，人家送来的鞋不好好处理，这下把人家的鞋弄坏了吧？那有什么好说的，赔钱呗。"

那位客人也得意地看着我们，好像他已经把他要的一千二百元拿到手了似的。老板没说话，他想听听工商局的所谓主持公道的同志还会说出些什么。等工商局的同志把此行的目的表达清楚了，那位客人说：

"喏，工商局的同志都说了，让你们赔，你们还有什么话说？赔钱呗。"

老板脸上的懊恼不知是什么时候消失殆尽的，他说："鞋已经坏了，要赔我们也认，但是不能他说多少就多少吧！你们工商局的同志也看看他这鞋子大概值多少钱。"

工商局的同志这才看了看那双鞋，但他们丝毫没有改变赔偿额度的意思："你们要是达不成协议的话，只有填申诉单去工商局解决了，我们只是调解，没有强迫的意思。"

店里要做继续生意，老板不让步大概是不行的了，有句古话叫和气生财。"这样吧，扯到工商局也是费时费力，你的鞋坏了心情不好我可以理解，我们的小店摊上这样的事情也是活该倒霉，谁也不愿意它发生。这样，这双鞋我们赔一半吧，就是六百，你们看看怎样？"

工商局的人转而做起那位客人的思想工作："小华，我觉得他说得没错，你就接受了吧，再说如果你真申诉到局里是很麻烦的，对双方都不利。"

他好像吃了很大亏似的，极为勉强地接受了工商局两位同志的调解："今天是看在你们的面子上才让他们赔这点钱，要不然，我买多少他们就得赔多少。"

老板掏出钱来递给那位客人？客人把钱收进钱包，气色缓和了下来。他一只手搭着工商局一位同志的肩，另一位同志跟在他们后面出去了，他们嘀咕着渐渐走远。我很想听他们到底在嘀咕什么，可他们的声音越来越小，我张大的耳朵只能接受到一股凉凉的风。他们都走了，店里只有老板和我们三个店员。"你们做事千万要小心，稍不注意几天的心血就算是白费的了。"我们点头称是。

接下来的日子风平浪静，一拨拨客人光临，一拨拨客人离去，而我的擦鞋技术日渐成熟。看到死人一个个从医院的后门运走，我对死亡已经不再那么恐惧了，甚至是没有气息的人躺在我面前，我也能大着胆子看上几眼。这是意外的收获，是经过耳濡目染锻炼出来的。

日子一天天过下去，而我也越来越少想起山里。反而觉得，每天晚上下班后跟朋友去广场走走是最适合我的。

但几个月的平静生活被一个电话打破了。电话来自我们村子里的公用电话，是父亲打来的。自从我出来后，家里就只有父母和爷爷了，如果没什么事，父亲断不会花钱去打公用电话的。父亲在电话里说，妈妈在山上采蘑菇被蛇咬了，现在处于昏迷状态，寨子里的赤脚医生也束手无策，现在他准备让妈妈进城医治。

我们的大山里常见的蛇只有竹叶青，寨子里的人经常有人被竹叶青咬伤，因为被蛇咬是常事，所以我们稍微懂事一点儿大人都会教我们如何对付蛇，且不说他们教我们预防蛇咬的简单法子，单就是救治蛇咬伤的方法，我就知道三种，第一种是采草药包上，再就是用火柴头烧灼伤口，也可用针刺或拔火罐的方法，除去伤口或周围的毒液。

不知母亲是被什么蛇所伤，居然到了不省人事的地步，从父亲焦灼的语态里我感到了事情的严重性。放下电话，我便"呜呜呜"地哭起来，琳子过来问究竟，我哭着说："我妈妈被蛇咬伤了，现在晕迷不醒，父亲在找拖拉机，准备把她拉来这里医治。"琳子安慰我："你不要着急，你看，我们对面就是小城最大的医院，他们一定会医好你妈妈的。"我抬眼，看到的便是对面的停尸房。对医院里的病人来说，这几天相安无事，因为大门有好几天没打开过了。母亲昏迷了，如果她一直不醒过来的话那么她就会被车从医院后门拉走。我在心里默默祈祷，我祈祷神仙、菩萨以及神的使者之一——无数上下翻飞的燕子，保佑我的母亲能得到及时的救治，让她快快醒过来，我离开母亲有大半年了。

从山寨到小城需要大概五个小时，先是用拖拉机把母亲从寨子拉到乡里，这段路大概需要两个小时，然后从乡里坐车到城里大概需要三小时，对于昏迷的母亲来说，五小时太长了。我哪能安然地坐着？但除此以外我没有别的办法。叹气、垂泪，客人进来也不再以笑脸相迎。因为母亲的原因，店里的气氛不如往常活络。姐妹们时不时把目光转向我，时不时用话语安慰我，我知道，她们都在为我母亲担心。

快到下午四点钟，琳子陪我到医院大门口等候父母。我在那里差不多等了半小时，无数辆出租车停下，放下客人后离开。我数次满怀希望地望着出租车停下，期望里面出来的是我的父母，但我又数次失望而归。

一辆微型面包车停在医院门口，我没想过父亲会从面包车里钻出来。我看到了父亲，他先下的车，绕了车子一圈绕到车的另一边。我赶紧跟过去，母亲坐在另一边，后面小叔叔扶着她的头。想必一路上，她是倒在父亲的腿上才到达的。父亲背母亲下车，叔叔随后也下来了，我叫了爸爸、妈、小叔叔，爸爸和叔叔应了，妈妈没有，我看到妈妈像一块面团似的眼泪就"唰唰"地往下淌，唯一的一次，我父亲没有安慰我。父亲背着母亲，我们跟在后面一路小跑来到医院的急诊室。

由于母亲的来到，急诊室热闹起来，医生护士都急匆匆地往这边赶。好一阵忙活过后，母亲终于睁开眼睛。谢天谢地，母亲睁开了眼睛。

母亲算是脱离危险了吧！我和琳子终于笑了。

母亲醒转以后，医生详细询问咬伤她的蛇的样子。母亲声音很小，但足以让房间的每个人都听见："我在离它很远的地方就看到它了，我以为它会像其他蛇一样，我没惹它，它也不会攻击我。但意外的是，它好像看到了仇人似的，径直朝我游过来，我闪避不及，就被它一口咬到腿肚子上。它的背部有一对黑白色的斑块，那条蛇是灰色的。"在描述的过程中母亲始终没有比画，个中缘由只有我、父亲和小叔叔知道。在我们寨子里有些说法，比如你不能用手指指月亮，否则月亮会下来割你的耳朵；你不能用手比画蛇的长短和大小，不然蛇会在你睡觉的时候爬上床给你当枕头。

医生肯定地说："是眼镜蛇把你咬伤的。"

母亲的裤腿已被剪开，伤口有烧灼的痕迹。医生说："万幸啊，伤口不算深，眼镜蛇喷射的毒液较少，而且来之前你们进行过简单的处理，要不然你的性命恐怕不保了。"

爸爸骂起来："挨千刀的过山标（眼镜蛇在我们那里被称作

"过山标"），下次见到你我一定不放过你。"

父亲曾经抓到过蛇，他把那条蛇杀了和鸡炖成一锅，还叫了叔叔一家来享用。我害怕蛇，连里面的鸡肉都不敢吃。母亲还很虚弱："你不要再去招惹它们了，我被毒蛇咬成这样，兴许是因为你吃了它们，它们来报复的。"

护士递给父亲一张交费单，让他赶紧去交费，他们才能进行下一步治疗。

我和琳子靠墙站着，在一边看着母亲，母亲看到了我，她用眼神安慰我，还对站在我旁边的琳子笑了笑。

父亲小跑着出了急诊室的门，我也跟着去了。母亲住院需要一大笔费用，我家里的景况一直不好，也不知父亲有没有带够钱。我们店是包吃住的，大半年的工资基本上没花过，我请老板一次发给了我，此刻它们被我揣在兜里。我从没有见过这么多钱，将近两千块呢。两千块在城里发挥不了多大的作用，可在我们寨子里，在穷困的我的家，也算一笔不大不小的财富了。现在我能用自己挣来的钱给母亲看病，我觉得我长大了。我把钱递给父亲，让他拿去交费，父亲说："小莲，出来大半年，你懂事多了。"

父亲很少进城，不知道城里的规矩，比如交费需要排队，去银行存、取款要排队，去超市购物也得排队付款。他一到交费处脑袋直往交费的窗口挤，直到我把他拉出来。我站在队伍的最后，父亲一脸焦急地站在一边。我劝慰父亲不要着急，医生并没有停止对母亲的治疗，而且母亲已经醒转了，大问题是不会有的了。从父亲下车我见到他的那刻起，父亲的脸一直都是紧缩的，这会儿才微微舒展开。脸部表情舒展的父亲显得更加疲惫。从早上到现在，他从山寨一路把母亲带到城里，在拖拉机上他得保证母亲不被拖拉机过分地颠簸，在车上母亲整个身体压着他，还要揪心母亲会不会一口气提不上来。到了医院门口，不算健壮的父亲背起母亲是一路小跑来到急诊室的，医院大门到急诊室有好大的一段路。他的疲倦情有可原，可恨的是我一个小女孩帮不上他的忙。

母亲晚上才转到普通病房。虽然住在对面，但我从来没进过住院部大楼。病房比较宽敞，显然它建成的日子还不长，墙壁是洁白的，家具是簇新的。

真不愧是本地最大的医院，母亲在那里住了五天就出院了，她腿上圆形的伤疤是她去地狱门口转过一圈的证据。父亲从家里带来钱、我给父亲的钱都交给了医院。但我觉得没什么值得可惜的，因为我用血汗钱换回了母亲的生命。我高高兴兴地把父母、小叔叔送上返乡的中巴车。攀在车窗，我告诉他们，我会在这里好好上班，争取多挣点钱，过春节回去看他们。

# 女 流

城市是陌生的，街道是陌生的，走着的人也全都像来自另一个世界。

他们不知道我是谁，现在准备去干什么。

他们见惯了形单影只标新立异的女孩子，所以对于我脸上这种冷漠的表情他们也见惯不惊。他们看我就像看街心花园的草一样——漫不经心。

这几年，猪、鸡、牛的生长期缩短到令人难以置信的地步，汽车数量也跟着成倍增长，扩了又扩的马路总是显得狭窄。汽车在马路上行驶的姿势像一群长跑健将套上了火箭头高跟鞋。

行人都尽量靠近墙根，生怕一批又一批拔高的"马路杀手"驾驭不了汽车让它像野马挣脱缰绳一样冲上人行道。

"康康诊所"坐落在城市最东边一个僻静的角落，据说执业医师是一位退休的妇产科权威，她的小诊所自开张以来生意一直不错。

我是一路问着去的，我问到的人除了用怪异的眼神打量我之外，指路的时候都还算得上认真，所以我找到"康康诊所"并没有费太大的劲。

掀开帘子进去，我看到一个穿白大褂、戴老花镜的女人靠门边坐着，正把脸凑在报纸上寻找着什么。见有人进去她放下报纸。

"请问你有什么事？"

我未马上作答，我不知道她是谁。在我未弄清对方身份之前我是不会贸然作答的。

我扫视了一下诊所。一张桌子显得有些陈旧，桌子腿上的白漆都快掉光了。桌子后面是一个摆放药品的立柜，药比我想象中要少得多。桌子对面有一张长沙发，上面搭着一条毛巾被。对着门的那面墙上挂着一张日历，日历上一个俗气的女人正在搔首弄姿。日历下摆放着一盆万年青，长势极好绿得发亮，然后就有一道通向后边的门。

这屋里除了她好像没有其他人了。

我不知道门里面有什么，但是我已经开始发怵了，真想转身走出这间屋子，也差不多要这样做了。

女医生见我不回答，又问道："做人流？"

"是的。"我这才回到现实。

我来这里是做什么来了？我坐了这么久的车走这么远的路来这里难道仅仅是为了看看这个诊所的风景？

我必须得面对它，就算今天我回去了，躲过了初一我还能躲得过十五吗？

我是一个理智的人，想到这些我又点点头。

她用钢笔蘸了蘸墨水准备在处方单上写字了。

"叫什么名字？"

"朱喜。"

"几岁了？"

"二十八。"

"工作单位？"

"还没找到工作。"

"家庭住址？"

"正在找。"

"你一个人来的？"

"是的。"这句话她没记在处方签上。

"进来吧。"于是我便跟着她走进那个神秘的房间。

她让我把裤子脱了把双脚搁在两边。

那样的床使我恶心，我用手捂住嘴巴才让自己没有呕吐出来。

女医生很懂行地说："哦，小朱，你的妊娠反应挺严重的。"我当然不会告诉她我想呕吐并不是因为通常的妊娠反应而致。

相对于睡觉的床这张床显得残缺不全，是我和好多女孩子都没见过的。上半部分跟睡觉的床差不多，而下半部分则有个圆形的洞，圆洞旁有两个像沙发扶手一样的东西，那时我还不明白那洞是用来干什么的。

听到医生说把脚搁在两边我就想到那是一种什么样的姿势了，看来有个作家说得对："把女孩变成女人的不一定是男人。"

她真不愧是个操此行当多年的老医生，几分钟就把器械准备妥当了。

她拿眼睛瞪着我等我脱裤子。

在生人面前脱裤子哪能爽快得起来？尽管她只把我当作她的工作对象，就像工人面对零件一般。

我边拿眼偷看她边慢腾腾地解裤子上的扣子。我磨磨蹭蹭地，老半天都没有脱下来。

"来这里脱裤子还害羞，早知如此何必当初？要是当初你脱裤子像现在这样磨蹭你也用不着来这里遭这份罪了。"她说的是实情，她的话并没有引起我的反感。

从进到这个诊所开始我就一直绷着脸，现在更是满脸寒霜了。医生看我这副表情不知是害怕了还是觉得过意不去。

接着她又说："看得出你不是一个随随便便的女孩子。来这里做手术的'鸡'我见过不少，她们脱裤子的爽快劲儿与你们截然不同，就跟她们去洗脚城剪掉长长的脚指甲差不多。别磨蹭了，伸头也是一刀缩头也是一刀。"

我不敢说这孩子有多光彩，如果不是迫不得已我非常愿意把他生下来。

我喜欢孩子，我希望孩子有一个健全温暖的家。假如我——一个未婚的女孩子带着一个来历不明的孩子，人家会怎样指指点点？

我爱这个孩子，发自内心地爱，而现在我的爱只能表现为我得忍住肉体和心灵的疼痛让医生把他从我肚子里摘除。

我以为这也是爱啊，不知他会不会跟我想到一条道上。

以前我们在一起的时候他经常说，他想要我们的孩子不管男女，如果真有的话他会高兴得发疯的。那时我们有爱，我们耳鬓厮磨。那时候的我们看什么都是美的，我们的前程是远大的，未来更是美好得无以复加。现在不同了，他携妻带子而我孤苦一人还要送上门让这个素昧平生的医生看我最隐秘的部位，还要让她把勺伸进我的子宫刮掉黏附在上面的一块多余的肉。

我觉得我是对的，我只能说我是对的，除此以外还有什么理由支撑我来到这里呢？

唉，是没什么好磨蹭的，伸头也是一刀缩头还是一刀。

我把裤子脱光双腿叉开躺在产床上，觉得自己是一只待宰的母猪，我是整个儿豁出去了。

我形容不了那疼，事前我做梦都没有想到会有那么疼。

我只能一次又一次请求医生："轻点！轻点！"甚至喊叫咒骂我不想做了。

妇产科医生终究也不是木头雕的，此刻她倒是轻言细语的。

她说："我不能停下来，你忍忍，很快就好了。你已经受了这些罪了，不能前功尽弃啊。"

她像给我注射麻醉剂一样："很快就好了，很快就好了。"

我屡次相信了她的话，想着每次器械在子宫的横行都是最后一次，可我一声接一声的尖叫声表明：她在骗我。

我尽力把身子往后缩，以为能顺利吐出身体里的医疗器械，就像当初他进入我身体的时候我不过像泥鳅一样摆动了一下尾巴，他的根就轻轻地滑出了我的身体。可我错了，器械不会怜惜我。医疗器械长有铁牙，它们咬着我的肉甩也甩不掉，它们想掏空我，吸干我。

当我怀疑手术是不是就这样一直做下去、我会不会死在这手术床上的时候，医生说："好了，你最好休息一会儿再起来。"

我在床上躺了好大一会儿才颤抖着穿上裤子。我终于明白那个圆洞是干什么的了。

这时的我有点轻飘，像踩中了棉花似的，脸上早已没了血色，我的血色都随那个肉疙瘩泡在广口玻璃瓶里了。

哦，我是有过孩子的，就在那玻璃瓶里我真真切切地看见过他，我是会下蛋的母鸡。无论我以后有几个孩子，他都是我的孩子之一，是我孩子中的老大。

我想起了弯弯，去年她的遭遇和我差不多，可她有陈谦陪着，而我却是一个人偷偷摸摸的，想到这里我再也抑制不住"呜呜"地大哭起来，以致后来医生说过什么我都没听清楚，大抵是注意保养之类的话吧？

　　原谅我现在才写到弯弯，原本在我的这个故事中，弯弯是至关重要的，就算在我的一生中，她也是至关重要的。

　　我叫她弯弯。

　　因为我个子小，也不胖，有一个最合适我的词语：小巧玲珑。

　　小个子很多时候都需要踮起脚尖，相比较而言，比我高出一个头的李琳弯腰的时候比我多，所以我叫她弯弯。

　　一个简单而必须的动作提醒了我，我觉得这名字不错，是独属于我况且它也因我而生，所以我非常喜欢这样称呼李琳。

　　开始李琳不习惯，我叫弯弯她总东张西望的，弯弯东张西望的样子像茫然的兔子，显得更加天真无邪。几天后她就习惯了，隔着墙壁我一叫"弯弯"，如果她不答应我就一直叫一直叫，一声比一声分贝高，最多不超过五声，她就跑进我屋里了。

　　女孩子个子高点、皮肤白点、身材匀称点、五官端正点就算是大美女了，弯弯就是。和美女弯弯同处一室，我并没有因她而变得生动。

　　大多数时候我喜欢绷着脸，为此妈妈经常数落我，说一个女孩子家脸怎么像块石头似的。她喜欢这样教育我：大笑是不适宜的，但是微笑是什么人都不会讨厌的，特别是做错事的时候。

　　同学阿芬说喜欢绷着脸的人，可能觉得世界上可笑的事太少，或者觉得绷着脸比较有气质，还有可能是天生苦瓜脸。

照阿芬的歪理，我只能属于第一种了，阿芬说绷着脸的我看起来有那么点气质——冷冰冰的。

有一次阿芬又说起这个，我很不高兴声音就跟着提高了。

"我绷着脸是我的事，习惯了就好了。你有觉得我不善良不平和吗？有吗？"

阿芬否认。"但是，"她说，"但是你知道你留给人的第一印象是什么吗？冷漠得高不可攀。"

我寸步不让，越来越显露出我刻薄的本性："我这么矮小可能高不可攀吗？倒只怕是有些人表面活络，心里却拿你当贼。如果两个人有缘仅凭这张皮是影响不到他们的。"

这句话在弯弯这里得到了验证。弯弯看我不苟言笑也只是暂时的，后来她发现其实我很天真，想不通拐弯抹角的问题，所以我们就一天比一天亲近起来。

这个城市有三个住宅区：天使乐园、金宛小筑、水泽小区。水泽小区口碑最好，它就像一张无形的名片，人们都说那是富人区呢。

可我不是什么富人，我来这个城市也很偶然。

我炒了南伞一家公司的鱿鱼心情郁闷来此地散心，来这儿之后就喜欢上了这里自成一格的风土人情。

这座城市被一座座大山阻隔，所以这里真正算得上是别有洞天。外面的人说本地人愚笨不思进取，钱都让他们给轻轻松松地赚走了，而我却喜欢本地人那种不紧不慢的生活节奏和与世无争只求温饱的生活态度。

水泽小区的房价挺高的，就我租的这二室一厅的房子每个月要八百元的房租。我一直是个实用主义者，无须用住在这里来给自己脸上贴金，我选择在这里住是因为我喜欢屋子外面白色的阳台和宽阔的绿化带。

　　本来这两室一厅我一个人住了都快两年了，但每月八百块的房租对我是个巨大的压力，为了住这房子我好久都没添一件新衣服了。我一直在想如果我把周围这些平凡人的喜怒哀乐都记录下来那是一件多么激动人心的事啊，所以我需要一台摄像机，而要实现这个愿望我就必须得攒下一笔钱。想去想来，只有从房租上省出一半来，于是我在大门口贴了张手写的招贴。

　　就这样，弯弯拖着她简单的行李来了。

　　第一次见弯弯我也是绷着脸。

　　我问她找谁，她说是来租房的。

　　我看她眼睛明亮，嘴角也微微上扬，貌似和善之人，便接纳了她。


　　我一直认定眼睛明亮的人不会是坏人，虽然如此，我长到了二十七岁，都没有遇上哪怕一个坏人，我所说的坏人指的是那些杀人放火、偷鸡摸狗之徒，我承认这种人不在少数，要不然每年抓进监狱枪决的又是些什么人呢？杀人放火、偷鸡摸狗的没有在我面前做那些事情，我看得最多的是有点小心眼儿、打着小算盘的女人，因为我没什么供人嫉妒、供人算计的，所以我看谁都觉得可爱。就像我虽然看起来很凶，可我觉得我看起来应该是好人，要不然怎么有好几次经过机场的安检，安检人员不搜身就让我通过了。

　　我让弯弯住另一间屋子，那间房子在她来之前已经被我打扫干净了，就像我认准了一定会有人跟我同住似的。

　　我住的这间房子外面有阳台。别以为我喜欢绷着脸就不懂浪漫，我把这些称为浪漫，比如站在阳台上吹吹风，下雨的时候站在雨里，有星星的时候看看星星，当然，顺便连月亮也一起看了。楼下还有绿茵茵的草坪，可以缓解酸涩的眼睛。

我先入为主把带阳台的房间占了。

弯弯进门第一件事就是参观我的房间，弯弯说："哇！朱喜，你这间房子风水不错啊。"弯弯一脸惊羡，虽然这样，我并没有流露出一点让"贤"的意思。先来为上，弯弯自然无话可说。

弯弯不认生我也不认生，有时候我是懒得理陌生人，十分不愿意和陌生人谈论天气这样白痴的问题。有时候两个人为了无话找话，还有可能挖出对方的祖宗八代，这也太残忍了。

弯弯非要拉着我陪她买东西，弯弯的房间空荡荡的，如果这样子的话今晚她有可能和我挤一张床。这样可不行，我好多年都是一个人睡，习惯了。

下午我陪弯弯逛了几个商场，脚都走麻了仅买了桌椅、床等一些简单的家具。弯弯很挑剔，这不好看那太贵。弯弯杀价很有一套，我跟她逛长了不少见识，同样的东西如果我买的话可能要花比弯弯多四分之一的钱才能买到。在这方面我由衷敬佩她，走在巡津大街的时候，我实在忍不住，我说："弯弯，以后买东西一定得请你。你要是买谁的东西，谁就活该倒霉。"弯弯说："朱喜，你别天真了，你以为他们赚不到钱吗？他们赚得到钱的，只是多少而已，要不然他们还不得喝西北风啊！"

小个子不妨碍使劲儿，况且小时候我挑水、挑柴也做了不少力气活儿。我还记得那两只晃动的水桶，小水桶跟我一般高，每次只能打半桶水，一路泼一路洒地到家只剩一点点水了，但我仍然天天挑水，天天挑水却总不见缸满，那时候我是多少羡慕那些腰粗个头儿大的女人啊。

我干活儿的时候很专心，俨然是一个对摆设很有研究的人，其实我做大多数事情都是凭借直觉再加上喜好，我建议弯弯把桌子放这儿、椅子放那儿、画挂在什么地方，弯弯倒像一个傀儡似的照我说的指挥工人把家具放在应该的位置。

我大笑着坐在弯弯新买的床上。她把画贴反了，本来写意的画贴反了就有了喜剧的效果，我把我的发现指给弯弯看，弯弯也笑得捂住肚子。

弯弯说我大笑时有点傻，好像我从来没遇上过什么不开心的事情似的，还说这笑不该属于二十老几的我而更应该属于孩子。这些话我非常受用，看得出弯弯喜欢我，我也喜欢弯弯。与喜欢的人同处一室是愉快的。

长发飘飘的弯弯骂起人来一点儿都不含糊。好些美女骂人都是不含糊的，上帝厚待她们，给了她们美丽的容颜还给了她们像刀子一样锋利的嘴。


那会儿我刚看完了《爱经》，我放下书便斜躺在床上思索。奥德维是个可爱的家伙，有没有人真的照他说的去做呢？我正准备把我从书上看到的与我认识的男人进行比较的时候，弯弯一阵风似的冲进来，坐在梳妆台前的圆凳上一把鼻涕一把眼泪的。我心想肯定有什么事发生了，要不然弯弯正处在爱情的漩涡中陶陶然呢，果不其然。

"这个杀千刀的陈谦，他妈的，他骗了我，原来他有老婆。"

我冷冷地说："他有老婆有罪吗？有罪的是你和他，明知道有老婆还和他裹搅。"

裹搅是本地方言，它比说纠缠不清更有力。

就事论事吧，陈谦是明知故犯，在这之前弯弯并不知道他有老婆。

我看到弯弯变形的脸一点儿子都不可爱就顾不上怜悯她了。我想起有一次弯弯说她认识了一个挺不错的小伙子，眨眼之间小伙子变成有妇之夫确实让人始料未及。

听了我说的话，弯弯愣了几秒，她肯定期望我跟着她咒骂几句方解心头之恨，可我却冒出了这么几句。

弯弯继续哭诉："我该怎么办？我已经爱上他了。"

假如这时候我再不接话的话就显得没心没肺了："爱就爱呗，管他有没有老婆。"

终于对上话了："我多亏啊，我可是小姑娘呢。"

接下来我更想说的是：要不，你先嫁一个，这不扯平了？但是快到十二点了，我有点困。

为了尽快结束谈话，我说："要不，哪天我帮你修理修理他？"

说出这句我有点后悔了，在这种时候我怎么能随随便便表态呢？在这种时候，弯弯会把任何一种东西当救命稻草。再说了，凭我这个子能修理谁？一米八的陈谦想拎起我来还不像老鹰抓小鸡？

我无非是想宽宽弯弯伤透了的心，让她以为我是她的同盟军。我确实是她的同盟军，假如她真的被人欺侮的话。但一个局外人该怎么去解开一个爱情的死结呢？可弯弯来不及细想，立即弓起身子，拉住我的手，让我现在就去。我说弯弯我是要去问问的，但不是现在，现在都晚上十二点了，明天吧，明天下午我就去找陈谦。

想着第二天要去找陈谦，我一夜没睡好。

第二天上班神思恍惚的，以至于同事玲叫："朱，帮我拿张纸过来。"叫了好几次我都没有答应，玲说我灵魂出窍了。我姓朱，叫朱喜。同事们只叫我朱，如果连起来叫就是"朱朱朱"，听起来就是"猪猪猪"的了。

我买份快餐只随便扒了几口。我想我是去替弯弯讨公道的，所以不能穿得花里胡哨。我挑了一套黑裙子，把头发扎在脑后。黑裙子外加我紧绷的脸，看起来还真有点凶神恶煞的。

我到"红苹果"的时候陈谦已坐在靠窗的桌子边了。

天刚擦黑，喜欢喝茶的人刚酒足饭饱暂时也装不下什么，不够浓郁的夜色也不足以撩开遮住都市人小资情结的面纱。

"红苹果"只有陈谦一个人，我径直朝他走去。陈谦正拿着茶杯准备喝茶，看我进去忙放下茶杯。他招呼我坐他对面，问我要喝什么，我说跟他一样——喝茶。

我对茶情有独钟，让我暗暗称奇的还有水泡开的茶叶仍然跟长在树上一样舒展。一般情况下，喝完茶我会连茶叶都嚼了吞下肚子。我的这个习惯老受到弯弯的打击，她说我这么吃茶，还不如跑到茶山上揪几把叶子下肚，哪用得着揉、烤、泡这么复杂？

我见过陈谦几次，但说的话不超过十句，面对我这样一个死板的谈话对象，任他有十八般武艺也难挑起我的话头。我直奔主题。

"弯弯呢？"

"我有两天没见弯弯了，打电话她也不接。"

"哦，你们不是挺好的吗？郎才女貌。"在我知道他们出问题之后还这么说，无非是想以攻为守，看他有什么反应。

陈谦是个狡猾的家伙，他根本不上我的当。

"我爱弯弯。"

他说得掷地有声。就凭这一句我就完全相信了他。

说完这句他就把话题扯到他的工作上来了，他说他现在很忙，有两位同事出差了，三个人的事情都压在他一个人身上。看起来陈谦很疲惫。

对于真正的爱我还有什么话好说。我觉得爱是值得尊重的，爱情是比生命还可贵的东西，是可遇而不可求的。还是顺其自然吧，对于他们俩的感情，我再也不想说什么了。

淡淡的茶香被热气裹着直往我鼻子上冲。我闻出了这是本地回龙茶的味道，我说我也喜欢喝这个。可能因为陈谦是弯弯的男朋友，和他待在一起我很别扭，于是我说："我还有事，得先走了。"

陈谦也跟着我走出了"红苹果"。我们各走各的，走出一段路我像猛然想起似的，叫住陈谦："弯弯在家呢，你去看看她吧。"

挎包在我的肩上摇晃，带着我的身体就跟着它一摇一晃的。现在我不能回家，我能去哪里呢？汽车一辆接一辆地从我身边驶过，它们像被人赶着回家似的。

不知不觉，我走到电影院门口。大概电影已经开始了，电影院门口卖小吃的小贩无精打采的。还没看清今晚放什么电影，我就买了一张票进去。对此刻的我来说，电影院里污黑的被人坐得陷落的沙发是最好的去处。

我选择与一对情侣隔一排的座位坐下。沙发把我整个吸进去，小小的我坐在沙发里，后面的人如果不是伸头来看，他们根本不知道这里还坐着一个人。我要的就是这种效果。电影里面的喊杀声像催眠曲，我很快就睡着了，居然还做了个梦，我梦见我被一个人抱在怀里，醒来后我还想如果我没有醒来就好了。是脚步声把我惊醒的，就着电影里昏黄的灯光，我看了看腕表，时针正指向十一点。

大概他们也亲热得差不多了吧？

打开门看见弯弯坐在沙发上，茶几上有一束玫瑰花。弯弯看我进门，便眉开眼笑地从沙发上坐起来，从弯弯的表情上我得知他们雨过天晴了。

"朱喜，你看这花漂亮不？"

真是废话，有不漂亮的花吗？这话我没有说出口，我说："是的，很漂亮。"

是花就是漂亮的。不论有多少种花，它们各漂亮各的，不嫉妒不排挤，它们各招各的蜂各引各的蝶，它们是最有理由争风吃醋的，可它们却不。


在这三两个小时的时间里，弯弯肯定收获了几箩筐甜言蜜语，我仿佛看到那些未来得及被弯弯消化的甜言蜜语从她的眼角、唇角、皮肤的细纹里渗出来。

"陈谦呢？"

"他老婆刚打电话来说他儿子病了，他赶回去了。"

"你不介意他有老婆？"

"介意，但我能怎么办呢？顺其自然吧。"

对于弯弯他们我很担心，纸是包不住火的，总有一天，她会发现，一个男人的家不只是一个女人加一个孩子那么简单。那是一棵根深叶茂的大树，跟许许多多其他的树根连着根枝攀着枝的爱情撼不动的庞然大物。可弯弯此刻是幸福的，我又怎么忍心往烧得正旺的火上泼冷水呢？

我的恋爱史一片空白。读大学时跟同学李志军朦胧的感情也因为对方有太多的追随者而烟消云散。喜欢绷脸的我不屑于锦上添花，我只想做唯一的花朵，甭管它的什么花。

我觉得很累，好像饱受感情折磨的人是我。

对于一个二十七岁还没有男朋友的女孩子来说，邻居的眼神中除了探究之外多少还带有些怜悯，好像我找不到男朋友是他们的错，他们也应该把天下的单身男生都叫到我跟前供我挑选。对于他们的好意我心领了，我不厌其烦地拒绝见他们的亲戚、同学的儿子、同事的儿子。而面对我的不妥协他们不得不甩头，他们想不通的是我这么小的个子，为什么就不是依人的小鸟？在男人面前做小鸟依人状他们的雄性荷尔蒙才有机会施展，真那样的话我由一个女孩子变成一个女人就容易得多。

　　我扔下兴致勃勃的弯弯自顾自走进屋把自己关在屋里。我说我今天和人逛商店逛累了，我得早点休息，还让弯弯不要因为兴奋得睡不着深更半夜地来敲我的门。

　　我把挎包和高跟鞋扔向一边，把自己横着扔在床上，四仰八叉地躺着。在自己的卧室没有形象可言，当然也拉不住思想的缰绳。奇怪的是在外面困得让人无法忍受，真的倒在床上思维却异常活跃起来。

　　我长什么样？天啦，我脑子一片模糊，除了知道我个子小以外，其他的都想不起来了。要是哪一天我把自己弄丢了可怎么办？写寻人启事的时候总不能只有这么简单的几句吧：女，小个子，二十七岁。

　　不，我要看清，还要记住。想看得更清楚仅有从窗子照进来的月光是不够的，我打开床头灯。粉红的床头灯把房间照亮了，于是我脱光衣服，先是凑近镜子仔细看我的脸。眉毛经过修剪还算清秀，眼睛不大但很明亮。脸庞在柔和的灯光下显得洁白无瑕，乳房不大但饱满挺直，臀部像两个并排的瓷碗，总之不能用"性感"和"丰满"来形容我的身体。

第二天下午刚上班，弯弯就打电话给我，说陈谦为了感谢我要请我吃饭。

其实我也没做什么。

我正犹豫着要拒绝，弯弯机关枪似的："别犹豫了，朱喜，我们好久没在一起吃饭了，六点钟在故人饭店，不见不散。"

弯弯射完子弹就收起她的枪，"啪"的一声挂断电话，而留我这个中弹的人怔了半天。

看来我有当灯泡的命，读书的时候当同学的灯泡当了许多次。对于当灯泡我颇有心得，比如少言少语、多上几次卫生间，然后把注意力集中在他们都不在意的地方。

故人饭店久负盛名，离市区有点远。

六点钟我就打车过去，车刚停稳，我就看到了弯弯，弯弯也看到了我。

她说我一定会准时的，怕我找不到所以就来门口接我。

准时也是我的优点之一，我不想让人等，如果别人让我等得太久我也会心烦意乱。我从不相信一个拖拖拉拉不守时的人会做出什么惊天动地的事情来。

要不是有弯弯引路，我还真找不到他们。他们坐在包间里，除了陈谦外还有一个我不认识的男人，他们看到我们进来就站起来打招呼。

陈谦说："大恩人，你来了，我给你介绍一个朋友，我的大学同学何劲锋。"

陈谦是这样介绍我的：弯弯的闺中密友朱喜。

被陈谦称为"何劲锋"的男子个子和陈谦差不多，在他们仁人面前，我还真显得小。站在他们身边，我有被大山压制的感觉。

"你们都坐下，一个个牛高马大地站在这里，我有压力。"

我确实不太舒服，我不喜欢有人挡住我的视线，尽管有时候对面是一堵雪白的墙。

他们仨相继坐下，那个何劲锋笑得嘴都合不拢，我心想怎么有这么傻的男人，一点点笑料就笑得跟孩子似的。何劲锋递给我一张名片，我眼睛一扫，"劲锋文化传播公司总经理何劲锋"。这时我才仔细打量这个坐在我身边的男人。浓眉大眼，鼻翼有一道明显的伤痕。算命的书上说，这种面相的男人有帝王之相。可惜他鼻子有伤痕。

吃饭只是借口或者调和剂，他们真正的兴致在谈话上，我没有那么多话要说，所以趁他们谈笑风生的时候便把自己喂饱了。走的时候何劲锋跟我要名片，我说我没有名片，他就要我留一个电话号码给他。他找不到纸，我就把电话号码写在他的手掌上。那是一只健康红润的手掌，我想要是我的手被那样一只手握住肯定会觉得温暖。

我来公司两年，说不上有什么丰富的工作经验，但从领导的言谈举止我知道我表现得不错。我们办公室共有五个人，除了领导李华是男人其他的都是女人。安最小，她刚从学校毕业，像稚气未脱的小鸟，喜欢在各个办公室之间飞出飞进。

芳三十多岁，是个离婚的单身女人。她常挂在嘴边的一句话就是男人没有一个好东西，她提醒我和安睁大眼睛，她就是一步走错便步步错。我始终认为在她的言论中这句话最为经典，她说：遇到一个不好的男人就如同掉进粪坑，就算洗干净了想起来还是会恶心无比。

男人我了解得不多，最亲近的男人是我的父亲，可他在我十岁的时候得肝癌死了。

有一天芳悄悄地问我："你知道阿娇和彭琦'有一腿'吗？"

"我哪知道？"

我才不相信呢。如果我没有亲眼看到他们俩睡在同一张床上我是不会相信的。

阿芳爱嚼舌根，阿娇也不齿于阿芳，阿娇说阿芳是弃妇，所以心理变态。

阿娇说男人是好东西。我却说男人很奇怪，从外表上看他们好像无坚不摧，忙起来就忘了这世上还有"女人"存在；清静下来他们却柔情似水，把女人当小猫一样呵护。

从弯弯屋里传出喘息声和床板颤动的声响，我知道了他们在做什么。这样的声音每隔几天就会传来一次，好在我房间里有很多书，有时候我找一本书，书能顺利把我带入另一个时空，让我在那个清静的时空里沉入深深的海底。有时候我觉得不能惊扰了他俩，如果我待在屋里太久，我不能保证我不发出一点声音。弯弯和陈谦此时像偷嘴的老鼠般受不得惊吓。我蹑手蹑脚地走出门，顺便把门给带上了。

出门后我才发觉，屋里的空气和屋外的空气大不一样，屋外的空气清新，而屋子里的空气像被搅动的大海，一股甜腥气从弯弯的小屋弥漫出来，门窗关闭都无济于事。难怪在里面多待一会儿我会有种喘不过气来的感觉。


墙报上贴了张新的晚报，最醒目的是"警情通报"。这是从来没有过的，所以我看得很仔细。报纸上说："本月交通事故275起，死亡人数43人，本月发生抢劫25起，绝大多数受害者是女性，民警提请市民注意，走路的请走人行道。包横挎或者背在右侧，要警惕两人同骑一辆摩托车的男人……"我很快做出了判断，这是张好报纸。我下意识地把包向内挪了挪，我想我也得去买一个带子较长的包了。

"嗨，你怎么在这里？"

似曾相识的脸，可我想不起他是谁了。我怔了半天还是没想起来。

"我是陈谦的同学——何劲锋，我们一起吃过饭的。"

哦，想起来了："你来这里干什么？"

他已走到我跟前："听说这一带环境不错，安全又很有保障，想来这儿租房。"附近一带没听说有房子要租啊。虽然他一本正经的，但我不相信他真能在这里找到房子。

"你慢慢找，我去那边走走。"他正这里瞅瞅那里瞧瞧。

我心里不禁骂起来：这个笨蛋，家家户户的阳台上都挂着"万国旗"，明摆着这些房子是有人住的。

那天晚上我是怎样在打桩机轰隆隆的声响中睡着的我已经不记得了，第二天醒来头昏沉沉的。楼下打桩机的声音可谓惊天动地，早上我又是被打桩机吵醒的，无论如何我爱屋及乌也不会爱上打桩机，我甚至对它恨之入骨。尽管我知道高楼大厦没有打桩机它建不起来，但这也成不了我喜欢打桩机的理由。

弯弯约我去何劲锋的新家，她说何劲锋搬到301室了。是的，他找房子的时候我碰到过，我压根儿就没想到他真会在这里找到房子而且是301。我和弯弯住401。

"原来住301室的老两口跟儿子住去了。"弯弯说，她好像什么都知道。

301到401有16级楼梯，我和弯弯趿拉着拖鞋下楼，还在门口就听到里面传来叮叮当当的声音。何劲锋站在椅子上，他在往墙里钉钉子，见我们进来就招呼我们坐。这屋里哪儿有坐的地方啊，我和弯弯是左冲右突才走到房屋中央的。

"朱喜，我这房子咋样？"他在问我呢。

"不咋样，像个猪窝。"

何劲锋转过头来，有点得意："你的房子和我的房子一模一样，我的房子是猪窝那你的房子是什么窝呢？"

"我的房子岂是你这房子能比的？别臭美了。"

弯弯看我和何劲锋你一句我一句的互不相让，像发现新大陆似的说："你们俩像冤家。"

弯弯问："需要帮忙吗？"

"需是需要的，不过我的忙两位大小姐帮不上。我现在没有时间招呼你们，等一切收拾妥当再请你们下来喝茶。"

他这不是在下逐客令吗？"弯弯走，我不想待在这乱七八糟的房间里了。"

弯弯被我拉了出来，我听何劲锋在身后喊道："两位小姐不要生气，改天我一定登门谢罪。"

我乱写乱画的证据都在纸篓里呢。我写得最多的是数字，数字跟我的工作密切相关。读书的时候因为写数字还狠狠地咒骂过老师，殊不知事隔八年，我会靠数字来打发时间。只是有一次例外，我写"何劲锋住301，这个浑蛋住301"。我至今搞不明白，他刚搬来我和他非友非敌，我干吗咒骂他？

自从弯弯和陈谦和好以后，我和弯弯说话的时候越来越少。偶尔弯弯十一二点摸进我的屋子找我说话，刚说几句便哈欠连天，弄得我有话也不好跟她说。

我怀念和弯弯躲在被子里说悄悄话的日子，以前弯弯睡不着就会钻进我的被窝跟我说悄悄话。其实深更半夜的我们像平日里一样谈话左邻右舍也不见得能听见，可躲在被子里说悄悄话这个优良传统是弯弯从学校就沿袭下来的，我以前也没少说。

有时候人会晕头转向的，比如有一天吃饭，我本意是要把估计吃不完的饭倒进电饭煲的，可是我却阴差阳错地把饭倒进了一大盆汤里，等我发现已经晚了。我不得不把倒出去的饭盛回来，还带回了几匙汤。吃完那餐饭我几乎连路都走不动了。其实我也可以倒掉的，但错的是我，所以我得承受错误带来的后果。

那天加班绝不是因为头晕得忘了下班的时间，领导交代的事必须在第二天八点以前做完，等我埋头做完工作以后才发现办公室的人早走光了。

我还没进门，就听到屋里乒乒乓乓摔东西的声音。

我心里一惊，心想是不是遇上劫匪了，我们屋里没有什么东西可抢啊？

我刚进屋一个粉盒就从弯弯屋里飞出来砸中我的肩膀。"啊！"我尖叫，不是太疼，是被吓的。

"弯弯，你干什么呢？"

弯弯听到我的声音便从房间里冲出来，趴在我的肩头大哭起来。弯弯整个儿趴在我身上，我的肩头越来越倾斜。

"朱喜，我怀孕了。"

"啊，多久了？"我老是受惊吓，我受惊吓时把嘴、眼睛睁得老大。

"医生说七周。"

难怪有天晚上弯弯闹着要吃酸东西，到了非吃不可的地步，实在找不到东西，她就跑去厨房喝了几口醋。弯弯说她从来没有发现老陈醋居然这么好喝。

"你们打算怎么办？"我关切地问弯弯，怀孕可是大问题呢。

"他叫我拿掉。"弯弯好像受到刺激似的大叫起来。

"陈谦这个浑蛋叫我拿掉，叫我拿掉！"还没等我反应过来她已冲进厨房，拖着一把菜刀冲进她的小屋。

我去抢弯弯手中的刀，我哪是她的对手？陈谦在床上坐着，一副任人宰割的样子。我无计可施只得挡在陈谦面前，仿佛在和他们玩老鹰抓小鸡的游戏。

可我能挡多久，挡不住会发生什么事？

我急得大叫起来："何劲锋救命，何劲锋救命！"

我叫是叫了，可我根本不知道何劲锋是不是在家。除此以外，这左邻右舍都是一进门都"嘣"的一声把门关上，我不叫他叫谁呢？

不到两分钟，何劲锋就冲进来了。

还是男人管用，他三下五除二就把弯弯手上的刀抢过来，并强行把弯弯按到床上坐着。弯弯的眼光看起来不再那么凶狠，他们俩求救似的望着铁塔似的何劲锋。

"去堕胎，趁现在孩子还小。"何劲锋这话说得一点商量的余地都没有。

何劲锋见他的命令没起到作用，又来软的："弯弯你想想，留下他可能吗？没有完整的家孩子能幸福吗？"

我严重认同他说的，可我怎么就没有想到呢？

何劲锋见弯弯没有反应，继续说道："弯弯，等将来你和陈谦正大光明地结婚了何愁没有孩子？"

终于弯弯答应去堕胎，可她还是哭个不停。何劲锋看大功告成，就向我使眼光。我俩来到客厅，把安抚弯弯的任务交给了陈谦。

坐在客厅的沙发上，何劲锋终于把紧锁的眉头解开了。

他说："想不到你个头儿这么小声音却这样尖厉，我刚进大门就听见了。"

我说："情况紧急，狗急了还跳墙呢。"

"哈，你是小狗。不过小狗，没事了。"

他叫我小狗已经很过分了，居然还拍拍我的肩膀，拍得我轻轻地颤抖了一下。

弯弯的妈妈打电话，在电话里哭哭啼啼的，说她爸爸病重，让弯弯赶紧回家。弯弯乱了阵脚，只会哭。我说弯弯别急，吉人自有天相，况且只需七八个小时你就到家了。

弯弯走后白天倒好打发，工作一忙起来也没时间想其他的了，可晚上就难熬了。人真是很奇怪，一个人习惯了突然增加一个人不习惯，反过来同样不适应。

何劲锋知道我一个人在家，每次上来看看也不久留，在客厅转转就又下去了。

一天中午，有人把门拍得震动起来，打开门一看，见何劲锋一脸忧郁地靠在门框上。

他说："我今天心情不好，想找个人吃饭说说话，想来想去近的只有你了，再说我如此聪明，断不会做那种舍近求远的事情。"

我说过我是个善良的人，我觉得有时候我是可以拯救别人的。我就是抱着这个想法陪他吃饭的，我想假如我把一个人从孤独中拯救出来，会不会很有成就感？

我们来到一家泰国餐厅，这家餐厅的鸡肉咖喱饭很好吃，再配上豆角、白菜，加一杯番茄汁就更佳。

　　我喜欢吃的东西想不到何劲锋也喜欢吃，在餐厅里他一点都不忧郁了。

　　他说："有一次，我们几个男生在马路上看到一个长裙飘飘的背影，就想这是个什么样的美女啊。我们就一起吹口哨，目的是想让那女孩子转过身来让我们看到她的脸庞，那女孩子听到有人在背后吹口哨果然转过身来，可她的长相吓得我们的舌头都僵硬了。"

　　我说："你们活该，这就是'希望多大失望就有多大'的活生生写照。"

　　他又说："还有一次，我深更半夜和一个女孩子坐在花园里，门卫的老头儿用手电筒照我们，问我们干什么。我说我在做那女孩子的思想工作，那女孩子想不通要自杀。"

　　有几次他差点害得我喷饭，可我最后还是忍住了。

　　他时不时地把豆角两边的茎撕干净后放进我的碟子，还让我多吃白菜。想想我真能吃，到后来他干脆歇下筷子看着我吃，眼光柔软，我心里不由得咯噔了一下，像心脏被谁用手指弹了一下。

　　"我从来没有见过吃饭这么专注的人，我们吃饭的目的不是在于吃上，看你吃饭真是享受。"

　　讨厌的家伙。"你再看着我，我就不吃了，吃饭有什么好看的、"其实那时候我想告诉他，我不但吃饭专注，我还没有想起来我有过不专注的时候，特别是假如我真正爱上以后，但我不能交浅言深，我和他不过是在一起吃顿饭而已。

　　弯弯从家里打电话来，说她爸爸根本没病，不过是家里来了个衣冠楚楚的表哥，他父母把她骗回去看看。弯弯爸爸没事我挺高兴的，但是又杀出个表哥，不知弯弯怎么应付。

说也奇怪，自从弯弯走后，陈谦像从人间蒸发了似的。

楼下吵吵嚷嚷的，不时还传来孩子的嬉闹声。我下楼的时候刚好看到何劲锋把一袋垃圾放到门边，看到我下楼便请我去坐坐。对于他家的热闹我很好奇，进去看看不就明白了吗？

一个三十五岁左右的女人坐在沙发上嗑瓜子，看到有人来，她只是示意我坐便又接着看她的电视了。一个十岁左右的女孩子趴在茶几上画着什么。不用何劲锋介绍，我也能看出这是一家三口。他老婆又递给我瓜子，我摆手拒绝了。我一直以为瓜子是像她们一样被家庭幸福熏晕了头的女人的专利，而我更喜欢喝茶和咖啡。站在他们中间，我就像古典音乐乍然敲响的架子鼓，我很知趣地告辞了。

后来何劲锋告诉我，他太太觉得我很厉害，我的眼睛里有火，是一个抓住什么就不会放的那种女人，还让他小心点。事实上我没有她说得那么厉害，但是这个女人在短短几分钟之内就把我看穿了，不知这是好事还是坏事。

弯弯终于回来了，与她同来的还有她的表哥阿良。如果阿良不跟着她，她父母就不让她出门。

我问她：“陈谦怎么办？”

“走着瞧，再说阿良只是表哥。”

其实在内心里我还真希望弯弯爱上阿良。

相貌平平的阿良看起来不坏，不过他跟大多数暴发户一样张口闭口都是钱，好像世界上没有钱解决不了的问题。

有钱不是坏事，要不然阿良怎么能在短时间内租到一套离我们不到一个站远的宽敞的房子？

自从阿良来了以后，我们公寓就没有断过鲜花，我跟着弯弯沾光，天天有鲜花看。

早上路过花园的时候我看到一群孩子在草坪上跑来跑去，像一群花蝴蝶在草地上飞舞，他们边跑边唱："我是一个老头儿，我也不长胡须。我是一个仙女，我也不长胡须。我是一个青蛙，我也不长胡须……"

不知陈谦的妻子王琪从哪里知道弯弯的，她打电话约弯弯谈谈，真是时代进步了，一个电话就代替了古代的挑战书。她说谈谈说得很轻松，却让电话这头的弯弯大惊失色。

弯弯向我求救："电视里的女人一看见第三者首先是'啪啪'两个耳光甩过去，你说他老婆会不会也这样对我？"

"弯弯你怕什么，她说是去谈谈，就是谈判，解决陈谦归谁的问题，估计到时你只要把陈谦让出去就没事了。"我鼓励弯弯应战，到时候见机行事。

弯弯说："你站着说话不腰疼，上战场的又不是你。"

"大不了我陪你去，为你壮胆还不成吗？"

在"花潮咖啡吧"，弯弯和王琪面对面地坐着。王琪短发，戴一副无边眼镜，身着西服套裙，显得成熟干练。

我坐在另一张桌子，她们的对话时不时地传进我耳朵里。

我觉得王琪算得上是个聪明的女人，她的聪明在于她能把她即将爆发的心压制住，还能对第三者弯弯不卑不亢地笑。

"我和孩子离不开陈谦。"

我和弯弯很诧异地交换了一下眼神，没料到她会有这么一招儿，本来弯弯准备领受她的破口大骂再享用她的耳光的。

"我……"我在旁边听着急死了，这个弯弯平时伶牙俐齿的，在关键时刻却成结巴了。

弯弯一句话还没"我"完，王琪又开始进攻了。

"请把陈谦还给我，我们都十年的夫妻了，十年的夫妻感情抵得无数个百日恩。"说完这句，王琪无声地抽泣起来，只见她摘下眼镜，用纸巾擦眼泪。

"王琪姐，我很快就要和我表哥结婚了，我是不会要陈谦的。"

弯弯站起来并朝我使眼色，我们走出了"花潮咖啡吧"。

后来，陈谦打电话找过弯弯，弯弯凶巴巴地告诉他："我快结婚了，请你不要再来骚扰我了。"

弯弯的那段日子过得很艰难，她把它称为危险期，她说危险期一过，她也就安全过关了。

对于她和陈谦这么快完蛋弯弯还是有些疑惑的。

她问我："朱喜，你说我和陈谦这样是不是爱情？也有可能是这样的：我们俩只是需要恋爱，彼此需要把自己置身于恋爱这场迷雾中，所以我们才说分手就分手了，连最后的决裂都没有。"

"我是不太懂，但是我觉得你们俩不为金钱不为名利睡到一张床上，除了因为爱情难道还会有别的理由？我觉得没有别的了。"

弯弯否认他爱阿良，她说她不可能这么快就爱上阿良的。

她说在一个陌生的城市有一个亲人也不错，弯弯不愿意单独和阿良待在一块儿，所以他们出去的时候非要拉上我，弯弯说她这样做是不想让阿良以为她已经默认做他的女朋友。

跟他们俩出去弯弯说是在帮她，但我总跟着他俩进出的确很不像话。

有一天我实在无法忍受了，就跟弯弯说："虽然从阿良脸上看不出他对我这个'灯泡'有什么不满，但我坚决要求分担压力。"

弯弯想了一会儿，她说："有了，以后我们出去叫上何劲锋，反正他老婆孩子都休完假回家了，他也是孤家寡人一个，我想他会很乐意跟我们一起活动的。"

我很久没有去野外了，在车水马龙、人来人往、高楼林立的城市待久了，会让人觉得窒息，有受压制的感觉。弯弯很快认同了这个随口而出的感慨，她说我们不如约阿良和何劲锋趁这个周末，一起出去走走。

自然是弯弯去哪儿阿良就去哪儿，说服何劲锋的工作也得由弯弯去完成。

不知弯弯使了什么招儿，几分钟后她就兴高采烈地上楼了，拍拍手很得意地说："大功告成了，朱喜，我们有的玩了。你没想到吧？何劲锋有帐篷和背包。但我们四个人最少得有两个帐篷两个背包，还差一个就让阿良去准备吧。"

我和弯弯去超市买了些零食，顺便去药店买了风油精、创可贴、感冒药等常用药品。

晚上我兴奋得睡不着，就跑去找弯弯聊天。我说弯弯你知道我有多迷恋山山水水吗？我的理想就是和心爱的人住进深山里，就我们俩在山里老死。弯弯说我做白日梦，她问我没有电灯没有电话没有电脑行吗？没有牛奶没有时装没有药品行吗？我说行的，只要和心爱的人在一起怎么样都行，大不了我们不活到七老八十的。

开始说话的时候我背靠墙，说着就慢慢地矮下去，后来我就坐在地板上。

弯弯说地板凉让我坐她床上。

我说我喜欢背靠着墙坐在有点凉的地板上。

我在想只怕是没有哪个男人比这面墙更可靠的了，这面墙无论我怎样靠它都不会倒也不会有半句怨言。这是面好墙，不信你也来靠靠？

弯弯说我头发蓬松抱着膝盖坐在地板上的样子像无家可归的猫。弯弯的话让我几欲落泪，我说弯弯啊弯弯好弯弯，你是知道我的，我不坚强但她们都觉得我很坚强，我有一张应对外界的压力和刺激的虎皮，可在你面前我用不着这些。

我相信其他人也一样，只有夜晚，只有在夜晚或至亲的人面前，才会扔掉虎皮露出原形。

弯弯说我变了，我也不像以前那么喜欢绷着脸了。弯弯问我什么改变了我，我说我哪知道。

很久没走山路了，我和弯弯一路走一路叫，喊累、喊脚疼、喊太阳要晒死人了，弄得何劲锋和阿良直打趣我们俩，说我们俩有浪漫的心却没有浪漫的本钱。他们俩也够呛的，背着两个大包袱，时不时还要伸出手来拉我们一把。

中午我们吃几块饼干就打发了，到太阳下山的时候，我们已经翻过了大拱山。

弯弯说："我的妈呀，这前不见人后不见鬼的，今晚我们睡在哪里呢？"

何劲锋安慰我们道："别急，我们不是有帐篷吗？再说了，我们可以去老乡家投宿，有次跟朋友来去过一个老乡家，离这里不远了，我们再加把劲就到了。"

多亏了何劲锋，我们顺利地找到了那个老乡家。主人刚好在家并很快认出了何劲锋，热情地跟他招呼。看得出这户人家很殷实，屋前屋后全是果树，鸡、鸭、猪、狗遍地跑。主人用鸡肉粥招待我们，何劲锋说上次他来就是吃的这个，很好吃。

已经是八月了，可山上一到晚上气温就降低，我们穿得少加上汗水把衣服浸洗了，总觉得后背一阵阵发冷。主人烧火，我们围着火塘聊天。火光把我们的脸映得红彤彤的，烤了一会儿我便觉得浑身痒痒的，像有无数只蚂蚁在身上爬。

我跟弯弯说，我刚侦查到下边有一条小溪，想去那里洗洗脸。弯弯本来要陪我去，我说不用了，我说我在家的时候都是晚上一个人去河边洗脸什么的，现在差不多像是回家了。

月光照得到处明晃晃的，我顺着小路下到坡脚就看到那条小河了。月光下的小河仿佛比白天流得更畅快些，河水像一条银链子顺着山沟抖动。这样的情景我太熟悉了，我家屋后的小河比这条河要宽得多，假如说这条河是个调皮的孩子，那我家屋后的河就是成熟的妇人。说不清我更喜欢哪条河，目前我能做的就是马上跳进河里。

水冰凉冰凉的，赤脚踩在细沙上，我的脚趾不得不缩成一团，踩中鹅卵石就更凉了，还硌得我的脚生疼。这样不行，我必须站稳，必须让它们像以前一样接纳我，我直直地站在水里，任水流绕过我。水是最柔软的物体吧，几乎没有它们穿不透的，而对于它们真的穿不透的那些，它们就绕过，像一个低眉敛目的小妇人。

把水撩在脸上，脸便像烈日下的人喝着冰水一样舒坦。洗完脸我又想，这么清澈的水，这么好的月光，这样的深山里，我何不把上衣脱了擦擦油滴似的身子？擦完上身我的裤子已全被水淋湿，于是我又把裤子脱下来，连衣服一起扔进了路边的草丛，我想他们都在高谈阔论谁也不会来这里。我终于可以像在家一样舒舒服服地泡在河里了，我甚至闭上眼睛，享受河水的无数根手指的抚摩。人都是得寸进尺的，泡了一会儿我又觉得水浅就向水更深的地方走去。

这时我踩着了一块松动的石头，我的身体向后一仰，但我站住了，我被吓得"啊"的一声大叫起来。尖叫声刚停，一个黑影便冲下山坡："朱喜，朱喜，你怎么啦？"我被突然跑下来的人吓住了，立在原地讲不出话来，我越是这样他更着急了。衣服都没脱便跳下水向我走来。他一把抱住我，然后走到一块石头旁边坐下。

是何劲锋，这时他才发现我没穿衣服。他稍稍松开手臂从上到下地打量我，我说你这个坏蛋，放开我。我的衣服在草丛里，离这块石头有一丈之遥。

他的手臂像铁钳一样，搂得我动弹不得："朱喜，自从第一次见到你，我就爱上你了。"

事情往往不按人预想的发展，比如从我认识何劲锋到现在，我压根儿就没想有一天我们会肌肤相亲。

何劲锋在河里要了我。我觉得不仅仅是他要了我、我要了他这么简单，我们遭遇了一种叫爱情的东西，爱情的来到也是不分时间和场合的。

女人遭遇爱情的时候都是糊涂的，不知时间的轮子仍然在转，不知这世界还有无数的第三者。还是何劲锋清醒，他说快穿上衣服，我们出来很久了，再不回去他们会来找我们的。果然等我们穿好衣服踏上归途的时候弯弯和阿良在上面叫我们。

弯弯说以为我被狼叼去了呢。好在月光虽然明亮，可是它还是像一层轻纱蒙在我们的脸上，把我的表情给完全地掩盖了。

发生这样的事情，再加上睡的是一张陌生的床，我哪里睡得着？翻来覆去地像烙煎饼似的，满脑子都是何劲锋以及跟他做爱的情景。弯弯睡得迷迷糊糊的，问我怎么啦，我说我认床，换个地方就睡不着觉。

回到家那天晚上，我就向弯弯坦白了。我说得最多的是爱，我说我爱上何劲锋了，相信他也爱上我了。我说爱着真好，能让一个人的心由冷变暖。

弯弯听完嘴巴张得老大，足以塞进一个完整的面包。

"我有前车之鉴啊，你怎么能步我的后尘呢？"

"我也没想到会这样，现在已经这样了，就暂时让它这样吧。"

"你们也太快了吧？我一点思想准备都没有，你掐我的脸，看看我是不是做梦？"

"傻瓜！青天白日睁着眼睛你做什么梦？你也是爱过的人，你以为爱是什么东西啊，你允许它来它就来？你不允许它来它就去找别人？"

我发现我挺叨唠的，我还在喋喋不休地说。

"我见过何劲锋的妻子，身材比我好，长得比我漂亮，可何劲锋确实是爱上我了。"

"你确定？"

"是的，确定，凭我们做爱时他的眼神。我不想避开，我要和他在一起，不管多久。"

弯弯看我执迷不悟，就说："恐怕他老婆发现的日子就是你们分手的日子。"

"你说得没错，但我认了。如果何劲锋能轻而易举地把他的老婆孩子抛弃了，你以为我还会继续爱他吗？"

第二天我拿上洗漱用具去了何劲锋那里，就是说我随时得在301和401之间跑出跑进的。

弯弯说我那段时间比喜鹊还快乐，话特别多而且脸部肌肉彻底放松了。何劲锋看在眼里喜在心里，也许能改变一个人是一件很了不起的事情吧？

中午我们各自在单位食堂随便吃点，下午下班后我和何劲锋就手牵手地去菜市场买菜，何劲锋主厨我打下手。

我非常喜欢这个角色，因为我这个人根本就没有什么远大理想。如果我将来的丈夫愿意，况且他的工资足够一家人吃饱穿暖，我是不打算出去工作的，我得生一大堆孩子。记得一个在乡下做计划生育工作的朋友告诉我们，他有一次去一个农民家收超生款，那人已经超生两个了，家里被罚得只剩几块砖瓦，当他见到我那朋友的时候说："你们看吧，想要什么就要什么，要命也拿去吧。"他们正说的时候，他的四个孩子玩累了回家，看到他们的父亲就一个接下一个地去亲他，然后喊他一声爹。那时那个农民什么忧虑都没有了，他开心得好像他拥有这世界上所有的财富似的。如果允许，我也想要那么多孩子。

何劲锋和弯弯都说我是猪，这话要是放在以前我肯定是会恶狠狠地还击他们。当时我沉浸在幻想中，仿佛看到一群孩子在花丛中跑动。

何劲锋总把功劳往我身上推，每每会夸张地说我做的饭好吃。他夸我其实拐着弯地夸他自己呢，我揭穿他的伎俩的时候他会得意地笑，我喜欢他笑时的模样，很像偷袭成功的孩子。

弯弯有时候也会和我们一起吃饭，她吃过我做的饭。我做饭喜欢把菜统统放在一起煮，我为自己的偷懒行为找了个冠冕堂皇的借口：省事并且有营养。弯弯对何劲锋做的饭菜赞不绝口。

弯弯是想到什么就说什么的那种女孩子："何劲锋，人家说女人做可口的饭菜是为了抓住男人的胃，你一个大男人把饭做得这么好吃是为什么呢？"

何劲锋想都没想："我为什么？就为了你们两位大小姐多吃点吃胖点，我是天生将才啊。"

我很不喜欢何劲锋这样油腔滑调的，事实上在他认识我们之前他已经会做饭了。但是当着弯弯的面，我不想给他难堪，就拣了一块排骨塞进他的嘴里。

结婚在我们这儿是个敏感的话题，我们谁也不说结婚怎么样，但它并不妨碍我越来越喜欢绾起长发系着围裙的样子，很像家庭主妇。

如果我在的时候他的家人打电话来他会很不自在，我就会说我想去阳台看看。去到阳台后虽然我什么都不想，可眼泪老是在我的眼里打转，我不能让眼泪淌下来，每当眼泪快要淌下来的时候我就会深深地吸一口气。这一招儿屡试不爽，我吸一口气，我的鼻子通畅了眼泪也往回流了。

我们不想改变现状，因为我清楚，想改变现状却不伤筋动骨是绝无可能的。因为我不提将来，所以陈劲锋说我善解人意，他还信誓旦旦地说会给我一个交代的。

陈劲锋错了，可我懒得提醒他。我觉得我是小偷，没有什么理由能让我在主人面前理直气壮。

都快三十的人了还没结婚可急死我妈了。妈妈屡次打电话来问我找到男朋友了没有，我说还没有呢。最后一次她在电话中几乎是苦口婆心了，似乎如果我再回答我没有男朋友会让人悲痛欲绝似的，我不愿意看到她那样。

我就说我找到男朋友了，让她放心。

妈听说我找到男朋友了，高兴得全身抖动起来，她的抖动好像通过电话线传到了我的耳朵里，弄得我的耳朵嗡嗡直叫唤。

我有个不祥的预感，妈妈肯定会叫我带我的男朋友回去让他们看看。

果不其然，妈妈说："朱喜，快到中秋节了，你也好久没回家了，这个中秋节你说什么也得带你的男朋友回来让我们大家看看。"

妈妈当时正在幸福的顶峰呢，我怎么忍心把她从山顶上拉下来？

我虽然应承了下来，可我不知怎么办。我向何劲锋求救，我不知道怎样跟妈妈交代。何劲锋自告奋勇地说："我去，一是可以陪你，二来我也想出去走走。"

妈妈做了好多好吃的，吃饭的时候老往何劲锋碗里夹菜，弄得何劲锋老用眼神向我求救，开始几次我没理会他，后来我看确实有点不像话了，他的碗被堆得满满的，他都无法动筷了。于是我才说："妈，您让阿锋自己夹菜好了，您给他夹的不一定是他喜欢吃的，他不吃又怕对不住您，吃了又对不住自己的胃，您就别难为他了。"

妈妈在厨房跟我嘀咕，说何劲锋不错，话不多还挺实在的，让我别挑三拣四的了，都二十七八了。

晚上我们一家子兴高采烈地坐在堂屋看电视。妈妈时不时会聊起我小时候的事情，看来她真把何劲锋当自家人了。

我小时候像个猴子，我妈说我喜欢爬树。三妹和小弟也喜欢凑热闹，他们举着手证明妈说的都是真的。有一次我带三妹、小弟去爬草房的屋顶，小弟从屋顶上掉了下来，为此被我奶奶打，有好几天都躲在亲戚家不敢回家，最后还是妈妈好说歹说才把我拉回家去的。想起小时候的事情很有意思，现在我怕是再也不会去爬树了，树上有金子我也不想去爬。小时候喜欢做的长大了几乎都没继续做了，而长大以后做的事情又是小时候做梦都没有想到的。

为了不让家人把话题都集中在我身上，我便叫道："阿锋，丢给我一个梨子。"妈妈、阿锋、三弟、奶奶都坐在长沙发上，我在他们对面坐在凳子上，这个位置是挨"批"的位置。

阿锋挑了一个最大的梨子扔给我，可他使的劲儿太大，手往后甩的时候梨子从他手里掉在地上了，三滚两不滚地就滚到沙发角。他赶紧挪开跟前的茶几弯腰去捡，妈妈看到他的窘态也跟着弯腰去追。这时候，陈劲锋的皮夹子从上衣兜里掉了出来，跟着飘出来的还有一张照片，照片刚好飘到我妈妈的脚跟前。妈妈很惊奇地拾起来一看，脸顿时变了颜色。

我想起来了，那照片我是看到过的，是他老婆孩子上一次来的时候拍的。我一想，要坏事了。我慌慌张张地跑过去把照片抢了过来，一边埋怨："妈，你怎么不经过别人的允许就看人家的照片呢？"陈劲锋也不再追梨子了，被这个突如其来的变故吓得一屁股坐在地上。看到陈劲锋这副模样，我的心立即沉入谷底。何劲锋害怕了，何劲锋并不像他的名字那样无所畏惧。看来我得独自面对即将到来的狂风暴雨了。

我妈大叫起来："我不看，我不看还不知道呢。他有老婆孩子，你和他掺和是什么意思？"

我是知道我妈的，我知道她会说这个。她当然希望她女儿能赶快找个人家嫁出去，可再怎么着急她也不愿意自己的女儿去当第三者呀。在我们那里，当第三者是要被人唾弃、被人戳穿脊梁骨的。

奶奶叹着气回里屋了，她一副恨铁不成钢的样子。我一直是她的骄傲，可今天她那循规蹈矩的孙女儿却做出为人不齿的事情。

　　妈妈吼了半天看没人回应，连本应该跟她站在一条战壕的奶奶也回屋去了，便坐在地板上一把鼻涕一把泪："造孽啊，我怎么生了个不知廉耻的女儿！"

　　她接着转过身，指着何劲锋的鼻子："你马上滚，不要再勾引我家朱喜了。"

　　我怎么能让何劲锋一个人滚呢？他看起来那么无助。

　　我去房间收拾行李，我妈妈说如果我今天踏出这门我就永远不是她的女儿了。我没有停下来，把东西塞进旅行包就拉着何劲锋跑出门了。

　　跑出老远，我隐隐约约地听到三妹、小弟的哭泣声，还有奶奶的咳嗽声。

　　我也哭了，何劲锋一只手提旅行包，一只手搂着我的肩膀说："没事的，朱喜，我给你带来了灾难，我那时候恨不得立即把你拉出那个门，但那是你的家，你有选择的权利，我等你跟我一起走或者我一个人走。天下没有一辈子记恨儿女的父母，总有一天他们会原谅你的。"

　　我相信他们会原谅的，这也是我毅然决然的原因。可要等到什么时候他们才肯原谅我呢？

　　让我忘记妈妈是不可能的，这件事影响了我和何劲锋，从家里回来后虽然我们还是住在一起，但是已经不像去之前那么融洽了。相对无言在以前是从来没有过的，他的眼里还时不时地会显现出淡淡的忧伤，这也影响了我，我对自己以往的想法产生了怀疑。看来爱不是万能的，两个人之间仅有爱是不够的。

有一天我们三个人又在一起吃饭，弯弯很伤感地说："以后和你们在一起吃饭的机会不多了，因为我要结婚了。"

我急急忙忙地问："你要跟谁结婚？"

"当然是跟阿良了。"

哦，她要跟阿良结婚了，我原本平静的心情顿时被搅乱了，我似乎很害怕弯弯结婚似的。我嗫嚅着："弯弯要结婚了，好，你要结婚了，你终于要结婚了。"

我不应该是这样的态度的，我应该高兴的，结婚是一辈子的大事，况且我也亲眼看到阿良对弯弯的好，可我为什么会难过呢？

何劲锋看我脸色不对，便问道："朱喜你怎么啦？弯弯要结婚了，你难道不高兴？"

我是该高兴的，我要高兴，我必须得高兴。我站起来想越过桌子抱弯弯，可是我扑空了，手伸进刚出锅的汤里，我被烫着了，我便依势大哭起来，我想大哭一场已经很久了。

我边哭边说："弯弯，你结婚后就搬出去了吗？"

何劲锋和弯弯一起抓住我的手，问我烫着没有。

弯弯说："我不搬，这里是我的娘家我才不搬呢，要是结婚后跟阿良吵架我还可以回来住。"

我停止了哭泣，哦，弯弯不会离开。

去参加弯弯婚礼的人不多，除了何劲锋之外其他的人我都不认识，看那些人跟阿良客套的样子我猜他们跟阿良有生意上的来往。我觉得结婚是两个人的事，有这么多人来参加弯弯和阿良的婚礼纯属多余，我要是结婚的话就两个人跑去酒吧一人一杯酒，他说他爱我，然后我接着说我也爱他，互相祝福新婚快乐，这结婚仪式就算完了。哈，我为自己的想法开心了好大一阵子。

弯弯结婚的前几天我去参观过弯弯的新家，我是在参观，我这里摸摸那里看看，还翻看了一下他们的影集，真的是"郎财女貌"啊，我对弯弯说。弯弯的新家装饰得富丽堂皇，为此我打击过弯弯的鉴赏能力。弯弯说这一切都是阿良弄的，他不让她插手，让她等着当新娘子就行了，既是如此她也乐得闲着，反正什么样的家看习惯了也就好了。我说阿良对你不错的，你现在不爱他，结婚后慢慢地爱吧，古时候的人结婚时才见面然后也能安安稳稳地过一辈子。弯弯很固执，她说她爱过了，就算以后再也没有爱了，也不算白活对不对。我不想跟她讨论这个话题，我就说阿良对你好你知足吧，上帝从来不会厚此薄彼的。

学校放寒假了，老婆想念老公，女儿想念父亲。于是何劲锋的老婆孩子就来了。

听到她们要来的消息何劲锋说，他想念她的女儿，她老婆来不来都无所谓，但他又没有理由不让她来，如果她老婆不来她女儿也来不了。

我说没事的，她们来陪你一段时间也是好的，有孩子的家才是真正的家呢，我还说和他在一起腻味了想顺便清静几天，何劲锋信以为真了。何劲锋问我会不会等他，我说当然会等，让他好好地陪老婆孩子去。为了让他坚信，我很认真地说了一句：我们有爱。

"我们有爱"，这句话曾经给我了无限的信心和勇气，可现在从我嘴里说出来我都心虚。可何劲锋感觉不到其中的变化，他很轻松地陪他的老婆孩子去了。

于是301室常有欢歌笑语传到我的耳朵里来，如果说我对传上来的声音无动于衷那是绝对不可能的。每当这时候我就想要是弯弯在就好了，弯弯在的话我们总会弄出些声响来的。可弯弯嫁作"商人妇"了，从电话里得知她过得很好。

一个人的时候我会想起很多事情，想弯弯和陈谦，想我和何劲锋，我越想越害怕，但是我忍不住不想。

我想我也是傻瓜，纸怎么包得住火？冥冥之中总有一只手指引主人去抓住小偷的手。我是小偷，我偷了别人的丈夫和父亲，我会受到惩罚的，可是它们会怎么惩罚我呢。我从来没有像现在这样害怕过，就好像有一把刀子悬在我的头顶，可我不知它什么时候掉下来。

那一天我很不舒服，吃什么吐什么，我就请假待在家里。我正靠在沙发上养神，有人敲门。我打开门的时候看到了何劲锋的老婆和孩子，他老婆脸上那种天塌下来的神情吓了我一大跳，我赶进招呼她们进门。我刚在沙发上坐定，她就拉着她的女儿在我面前跪下了，我被吓得直往后缩，后来想想不妥就想扶她们起来。

说那些话的时候她老婆很平静，像事先排练过似的。她让我把她的先生还给他，如果没有他，她的世界就坍塌了。她女儿摇着我的膝盖让我把她爸爸还她。我想完了，还是让她们知道了。我相信我们没有把柄在她手里的，因此我矢口否认，我说我和他没有你说的那回事，你们都起来吧。她们不起来，孩子还在哭，他老婆从包里拿出一样东西递给我："你看看这个。"我正诧异她会拿什么东西给我看呢，我迫不及待地拿过来，一看之下，我恨不得找个地洞钻进去，我被这纸条彻底打垮了。

那纸条上都写着"你是我的"，落款是我和何劲锋的名字。我被当场拿住了，我还有什么好抵赖的呢？

想起那天我们多开心啊，我们为我们的创意在床上滚来滚去，接着又尽情地做爱，耳酣眼热之际我们说我们是世界上最幸福的人。这纸条明明被何劲锋扔到窗外了的，怎么会在她手里？

她看出了我的疑惑："我刚打扫房间时拾到的，我看他的床底下有纸屑就用笤帚伸进去扫，扫出来的便是这两个散开的纸条。朱喜，你也是女人，我不是没想过用另一种方式对付你，但是你爱何劲锋我也爱他，为了那个我们俩共同爱着的人，我想我不能那么做。因此现在我只求你把他还给我。"

我想说我没有想过让他离婚，我们根本没有谈论过这件事。问题是我说出来她们会信吗？她们是不会信的，连我自己都奇怪我怎么会心甘情愿地和他同居而不想和他结婚。难道仅仅是因为我不想当破坏别人家庭的坏女人？好像不全是因为这个，到底是因为什么呢？以前没有想清楚，现在已经没有机会去想了。

她们企求地看着我，等着我的回答。我没有选择，我不能跟她们说："不，我不会放弃的。"我不会这样。

但是下这个决定有多难啊，只要答应他们，只要那句话一出口我和何劲锋就是陌路人了。想到我和何劲锋就要成为陌路人，我就觉得天顿时变灰暗暴雨即将来临似的。是的，我无法阻止暴风雨的来临，那么就让它们快来吧。

"好吧，我答应你们，起来吧。"

"你还得离开这里，不然的话你们还是会在一起的。"

"好的，我会离开这里的，反正我无牵无挂。"

是的，我必须搬走，我想起了我的家人，他们是对的，对我可能遭遇的他们早就预料到了，他们吃的盐比我吃的米还多、走的桥比我走的路还多。

既然是离开，就离开得越远越好了，因为经过那些日日夜夜，我无法再把何劲锋当朋友了。

我得跟弯弯告别一声，而且我不能让她为我担心。我告诉她我的朋友在乌里帮我找到了一个高薪工作，我想过去看看。弯弯听说我找到更好的工作很高兴，非要来送我，我没让她送，那时弯弯已经有了身孕。

弯弯说她会继续租住那套公寓的，反正现在有阿良撑着，租一套房子放着也只是小事一桩，如果我在乌里过得不愉快，欢迎我随时回来。我是不能回来的，对弯弯此举我心里满是感激。

站在舷梯上我朝水泽小区的方向望了望。我想起我曾经在某篇小说里写过的句子："飞机向北飞行几千公里，我的情人就跟着后退几千公里……"当时我为自己编故事的能力感到很满意，殊不知，我把自己的未来给编进去了。是的，我好久没提笔写东西了，自从跟何劲锋以后。看来我得继续拿起我的笔，跟我的日子较劲。

# 寻找阿绿

我已经好久没见阿绿了。

阿绿全名叫沈星绿，周围的人都叫她阿绿。阿绿是个活泼可爱的姑娘，她喜欢找我聊天，还喜欢吃我做的回锅肉。

我坐在沙发上，茶几上摆放着我刚泡的茶，本地生产的茶叶，虽没有名气，包装也不奢华，但从泡出的汤色来看，它是好茶。茶的水汽氤氲，升腾起婀娜的曲折，微风一吹，它就变换形状，有时像长发飘逸的姑娘，有时像一把水壶。

说是好久没见阿绿了，其实也就一个星期多一点，因为我和阿绿几乎天天见面，这才几天没见，就觉得是过了许久。我对阿绿有姐姐对妹妹的情感，在这几天里，我见不到她人，打不通她的电话，去她的小屋找她，也是把门将军将我拒之门外。我不知在哪里能找到阿绿，我自认为我是她亲密的朋友，如果我都找不到她，那别人找到她的可能性几乎为零。

阿绿从人间蒸发了，也把她的热闹和活泼从我的身边带走了。这些天除了上班外，我几乎都没出门，把自己关在屋里，连电视都懒得开。看书、喝茶，然后站在窗子前发呆。也试着去街上走过一圈，但因为身边没有人陪伴，感觉自己像个鬼魂似的，在青天白日下的大街上游荡。

阿绿喜欢讲话，讲她家的事，讲她的朋友，讲她以前的同事，讲她以前的男友，讲单位的那个老色鬼有多可恶，她为了躲避这个老色鬼才辞的职，一时还没有找到合适的工作。阿绿是我与外界连通的桥梁，通过她，我才觉得，我是活着的，跟她一起活在熙熙攘攘的人群中。我的生活空间不再是租来的一套六十多平方米的小房子，它里面有阿绿，有阿绿口述的亲人、朋友、前同事。

所以我喜欢听阿绿讲话，我炒的回锅肉味道一般，但每次，阿绿都会吃完最后一根姜丝，那时候的我是愉快的。阿绿不但需要我的回锅肉，还需要我的耳朵。

阿绿每次来，先是高跟鞋在楼梯上响起，接着是喊叫声：岚姐，岚姐，我是阿绿，开开门。接着才是夸张的按门铃的声音，阿绿是个急性子的人，她不停地按门铃，摁得门铃像警报器似的疯叫。我害怕听到催命似的声音，每次我都来不及把拖鞋穿好就冲到门口开门。我不是一个行动迅捷的人，但除此以外，你见到我，你会觉得这个人死迷洋眼的。

楼梯的空气从高跟鞋响起那会儿就被搅动起来，然后是屋里的，我能看见，屋里的空气因为阿绿的到来而迅速流动翻卷起来，有些空气像见到久别重逢的亲人一样，迅速扑向屋外的空气。老实说，我羡慕阿绿的这种本领，她能把一切静止的搅得活动起来。

阿绿不会扑向我，她会扑向茶几，因为茶几有零食。

我能看到一些东西，我把我看到的告诉阿绿，阿绿说我骗人，久而久之，我便不再说我看到什么。比如，有一次我说，阿绿你看，风是把大扫帚，它在除去叶片上的灰尘；又比如有一次，我们经过医院，我抬头看天，看到一朵白云翻了一个面，变成了乌云，我说，阿绿，这会儿医院肯定有人要死了。阿绿不信，我心里这样想着又不好证实，就由她不信了。

阿绿为什么连电话都不打给我一个？每次我打电话，她都是关机，难道她出什么意外了？对于阿绿的去处，除从人间蒸发外，我还有别的想法。想得最多的是车祸。最近这些年，我听说的、看到的车祸何其多，想到车祸之人的死状我就会睡不着觉：支离破碎的身体、满地流淌的脑浆和血液、被碾轧拖出去好远的内脏、哭晕过去的家属。阿绿不会这么不幸吧？

我在心里默默祈祷，阿绿失踪兴许是因为去了哪里玩得高兴或者遇到一个心仪的男人暂时把我这个没有血缘的姐姐给忘记了。只要阿绿快乐地活着，忘了就忘了吧。有时我也为自己祈祷，期望自己能选择自己的死法，如果可以选择的话，我愿意在将来的某一天就那样睡过去不再醒来。

窗台上，兰花干枯了，叶子卷得像要睡着了似的。我方才想起，我也有几天没给兰花浇水了。外面在修路，兰花叶子又灰又干。我接了一杯水，缓缓地浇到花盆里，我又用抹布擦去了叶片上的灰尘。叶子在我的擦拭和水的滋润下，缓了一口气。兰花在看着我，但它会怎么想呢？是怨我不及时给它们水和养分让它们瘦得皮包骨头，还是感激我终于想起了它们，及时给了它们一杯救命的水？是的，我该向它们道歉，在我心情忧郁的时候常常会把它们忘在一边。

阿绿呢？她到底去了哪里？是不是还活着？还得再打电话，除此以外，我别无他法。如果再没有她的消息，我想我会被自己的胡思乱想折磨疯掉的。

我拨通那个无比熟悉的电话，这段时间我听得最多的是这句：你拨打的电话已关机。我已经做好充分的思想准备了，支起耳朵准备听"你拨打的电话已关机"。可出乎意料，电话居然通了，我急切地说："喂，阿绿，你在哪里？"电话里没有回音，"你回答我，你都快把我急疯了。"对方还是没有回答，"你在哪里？我去看你！"仿佛我接听的是一个来自外太空的电话，对方是一个听不懂人话的怪物，而我的喊叫无异是来自另一个星球的秘密电波。接下来电话里传来"嘟嘟嘟"的声音，她居然把电话关了。我还不死心，接着打过去，电话里又出现了那个无比熟悉的声音："对不起，你拨打的电话已关机。""对不起，你拨打的电话已关机。"电话里一定住着一个喜欢泼人冷水的人，当你兴致勃勃地拨通电话，好不容易爬到朋友的耳朵边，她却向你泼出一盆冷水，让你从高高的窗台跌到楼下，让你从朋友的耳朵上滑下来。这些天我承受了太多的冷水，有时候免不了觉得身子一阵阵发冷。

我又找到了她的几个朋友，拨了几个她熟悉的人的电话，没有人知道她在哪里。

阿赛却来了。

阿赛是我的前男友。原本以为他会是我最后一个男友，但是，我们最终还是分手了。他哪儿都好，就是疑心病特重。有一次他出差前，在床头柜放了几个避孕套，说是单位发的，没地方放了先放那里。朋友带着她调皮的孩子来家里玩，孩子趁我们没注意的时候跑进卧室乱翻腾，他是拿着一个大气球出来的。他得意地拿给他母亲看，我和她都知道那是用避孕套吹起来的。朋友一把抢过孩子的气球，用脚踩破了扔进垃圾桶："这么肮脏的东西你居然用嘴吹？"她也许以为这是我们使用过的避孕套。孩子被她吓得大哭起来，怎么哄也不歇，朋友不好意思再待下去。阿赛出差回来，第一时间走进卧室，出来时脸色发青："你干的好事。"说完就朝我的脸挥出一掌，把我打得一屁股坐在沙发上。我莫名其妙眼带恨意地看着他，我长这么大，这是第一次有人打我，而且还是那个口口声声说照顾我、爱护我的人。"你刚回来就发什么疯？我到底做错什么了？""床头柜的避孕套少了一个，你怎么解释？"我死死地盯着他，抚着半边火辣辣的脸颊："陈琴和她的孩子来过，那孩子把避孕套当气球吹了。"我想起垃圾还没有倒，就把垃圾桶翻过来倒出垃圾，也不管脏不脏的了，我把那个破裂的避孕套翻出来砸到了阿赛的脸上。"跟你的避孕套过去吧！"说完我就收拾东西离开了我们俩共同生活了一年多的家。

我拖着行李箱在街上游荡，看到保健院外墙上贴着无数小广告。我在小广告里寻找，终于找到一个出租房屋的广告。从众多的广告中我选择它是因为它满足我三个条件：第一是与喧闹的市区相比，那里比较安静；第二是那个地方离阿赛的家那么远，直接是一个城东一个城西，不用担心遇见阿赛了；第三是我不想任何人以关心的口吻，打听我们俩分手的缘由，无疑，那样一个可笑的理由我也说不出口。

阿绿有一次问我，离开阿赛我是否曾经难过，说真的，我以为我会难过，照以往的情景，即便是一只我曾经伺养过的猫失踪了，我也会难过好几天。毕竟和阿赛同居了一年多的时间，照理是应该难过的。但我负责任地说，我没有，一丝一毫都没有，这个大概都是因为他那劈头盖脸的一巴掌，把所谓的难过打出我的脑海了。

阿绿又问我，有没有令我伤心欲绝的男人。我没有回答她，我又反过来问她："有没有令你伤心欲绝的人呢？""有啊，小时候隔壁家的小男孩抢走了我的布娃娃，那时候我快哭得肝肠寸断了。"说完她则哈哈大笑，我方才明白，和阿绿还不能讨论绝不绝的问题。

我很诧异，写了这么久才写到我的猫。它像从天下掉下来似的，有一天下班回家，它在我的家门口，等我开门它就尾随着我进了门。它很瘦，是一只白猫，但身上有黄色的斑纹，眼睛却很大，第一眼给我的感觉是，它不像是一只猫，倒像是一只硕大的老鼠。我看它跟着我进来，亮汪汪的眼睛瞪着我，我就把牛奶倒在碗里让它喝。它喝够了以后，就跳到我的身上来，我躺在沙发上看《父亲的眼泪》，有好几次想把它从身上抖下来，可抖了半天仍然没抖掉，它的爪子抓得太牢了，甩都甩不掉，后来我索性不管它，继续看我的书。那个猫睡在我身上，居然打起呼噜来。我上班的时候赶它出来，它直往床脚钻，怎么唤它都不出来，眼看上班要迟到了，只好让它待在里边。猫就在我的家里住下了。阿绿也喜欢这只猫，但开始不是这样的，阿绿第一次见到它的时候，猫就把她抓伤了，在她第二次、第三次来的时候，它又抓伤了她。阿绿让我看被猫抓伤的地方，像用一支红笔画过一样，有两条甚至交合成一个月亮的形状。我带阿绿去注射了疫苗。自从注射疫苗后，猫就不再抓她了。失踪的阿绿身上，还残留着小猫抓伤后的伤痕呢。

清明节到了，我该去看望谁？每年的清明节，我都会轮流着去看他们。死于车祸的懒懒、因宫外孕而早夭的霄晓、发现肝癌、只活了三个月的青苔，她们离开得早的离开我已经有五年了，离开得近的也将近一年，可她们的脸庞在我心里却是那么清晰，在我梦

133

中出现的她们仍然是活着时最美丽的样子。可对于有些经常见面的人，有时想起他们来，想知道他们长成什么样，却往往费了很大的劲，出现在我脑海里的还是一团模糊的影子。

青苔死得一点儿都不美丽，头发掉光了不说，身体被病痛折磨得皮包骨头，最后见她的时候，她薄得像一张纸。如果再不把她用土压着或者干脆反其道而行之把她烧成更轻盈的灰，我怕哪天早上她的亲人醒来就看不到青苔了。

青苔得病之初我十分难过，这么漂亮的女人怎就得了这样磨人的病？一种收走所有的美丽之后才回收生命的病。我知道，美丽对青苔有多重要，我也知道青苔是一个不能没有爱情的女人，如果没有爱情，青苔坐在你的面前，就好像随时需要一根棍子绑在她的背后，这样她才能抬起眼睛直起身子，大声和你说话，在你觉得十分好笑的时候她只把嘴角微微上扬。有一个男人说她说得更恶毒，他说："青苔呀，自从男人把他的家伙从你的身体抽走以后，便像是抽走了支撑你身体的架子。"这话我说不出口，青苔和大多数人不同，你能一眼瞧出她是恋爱中的女人还是失恋的女人。但她对朋友是极好的，她经常会让她的男朋友去安慰她情绪低落的女朋友，一来二去，有一两个男朋友就变成了好朋友的男朋友。但她仍然如此，当她知道某个朋友心情不好的时候，她仍然愿意让她心爱的男人去尽可能地安慰她、陪伴她，如果她不忙的时候他俩一起去，如果她忙的时候她就让她的男朋友一个人去陪，如果她男朋友不去，她还会生气。

青苔患病时，有几个前男友去看过她，有的还带着现女友，抢她男朋友那个女孩也去了。她是去请求青苔谅解的，看到青苔如今的模样，她流下泪来。以前她抢她男朋友的时候，想的是以青苔的美丽，找一个新男朋友不费吹灰之力，事实的确如此，青苔很快就找到了一个高大帅气的男友。当他们在街上遇到，他们还互相招呼，聊聊近况。青苔原谅了她。前男友的现女友们无一不是一副善解人意的模样，对青苔说："一切都会好起来的，一切都会过去的，你要该吃吃，该睡睡。"前男友们没有一个人像恋爱时那样，怜爱地抓起她的鸡爪似的手，没有一个人拥住过她干枯的轻薄的身体。他们曾从她身体里挖掘到宝藏，但现在，青苔身体里的宝藏被开采光了，只剩一个空壳。这个空壳躺在病床上，以一个活人的姿态接受着亲友们对一个死人的吊唁。他们穿得五颜六色的围成一圈，活像一个个会动的花圈，活像一朵朵会讲人话的花朵。

有一天我坐在办公室发呆，接到一个电话，看来电显示是青苔打来的。我问："青苔，你感觉怎样？"青苔说："我打电话来是告诉你一声，我死掉了。当然更主要的目的是，我想感谢在我病重的这三个月，你没有搜肠刮肚地安慰我，我感谢你看我时悲悯的眼神。这是我这三个月以来最大的安慰。"听她的声音，似乎精神头儿比我前次见她时更好些。我听完有点生气："你胡言乱语些什么呢，你不是还在跟我通电话吗？青苔，其实我也想安慰你的，主要是不想让你对死过于恐惧，但一个身体尚且康健的人，又有什么权力阻止你恐惧呢？也许我的怜悯加剧了你的恐惧也说不准。""是真的，打完这通电话我就死了。"说完她就把电话挂了，我不相信她说的，也许今天青苔心情不错，想跟我开个不大不小的玩笑呢。第二天一早，我请了假，打算去医院看青苔，不承想在医院门口遇到她母亲。她妈妈告诉我，青苔昨天就死了，她是来医院结账的。我问她母亲青苔死亡的时间，她母亲说就是在她跟我通完电话一个小时左右。想起昨天青苔宣告自己死亡的电话，除了我，她还通知过谁呢？她母亲说，在她死之前的一个小时，她基本上都在打电话，大概拨通了十个人的电话。他们让她静养抢她的电话她还生气，说如果再不让她打电话，再不以一个健康人的声音和好朋友们说说话，恐怕从此以后就没有机会了。对于一个身患重病随时都可能死亡的人，谁能真正去制止呢？所以青苔拿着手机闭上了眼睛，而且表情安详。她母亲说她安详得像一张大报的头版。

　　青苔的丧礼我没有去参加，我知道，青苔是不会在意我是不是去参加她的丧礼的，一而再、再而三的告别让人生厌，有时候我跟人分别都不会回头。青苔生病时我去探望她也曾经跟她聊起过，我不喜欢去参加丧礼。喧闹的人群有几个人是为死者真正地难过？偶尔我会在参加一个不太熟悉的人的丧礼时流下眼泪，那是因为我看到了孩子，看到了孩子不知道死亡是怎么回事，仍然围着棺材跟更小的孩子玩捉迷藏的游戏。等他哪天想起母亲再去寻找母亲时，母亲却再也不会出现在他的面前了。而有些人，明明最近遇到过天大的喜事，在丧礼上都得装出一副深沉的样子。青苔是我的好友之一，以前我俩经常在一起，特别是她失恋的时候，她像棵睡莲一样坐在我的对面，每每引来男人们热烈的目光。


　　阿绿是在青苔死后才认识的，两个性格完全不同的女孩子带给我的也是两种完全不同的感受。也许你不知道打哈欠有多难看，我只有一次在镜子里见到过自己打哈欠的样子，难看得无法形容，当我想再次确认我打呵欠的样子时，却从来没有成功过，哈欠来得快也去得快，往往在我还没有跑到镜子前哈欠就打完了，可等我认真地站在镜子前等待哈欠的降临哈欠却迟迟不来。我约摸记得打哈欠的丑样，所以，如果第二天要去看青苔这样美丽的女子，是万不能在她的坟前做出那么难看的动作的。这就是我头天晚上早早睡下的原因。

我应该穿什么衣服、配什么鞋子？还要提什么样的手袋？衣服倒是选得很快，是一条黑底暗花的短裙，V形领。从头到尾，我最满意我的腿，修长而白皙，我要让青苔看到我的腿仍然是她记得的样子。头发用橡皮筋扎起来，因为有人说过，这样的发型显得我整个人很有精神。选鞋却费了一番心思，睡在地下的人最先看到的大概就是鞋了，所以我不得不慎重。每双鞋都试过以后，最后选了一双黑色镶红钻的坡跟皮鞋。我在去她坟地的路边采了一把不知名字的野花，然后用芭茅草系上，把鲜花置于她的墓前，给她的墓增添几分生气。她的墓似乎有人清理过，在众多高耸的坟墓前，青苔的墓是最干净的。

像探望在病床上的青苔一样，我一句话都没有说，看了一遍青苔的墓碑，围着她的坟墓转了一圈，然后在坟边的小桌子边小坐了一会儿我就下山了。陆续看到成群结队的人往这边赶，想必，也有人是去看青苔的。一年中，也就是这几天，死去的人才能加入活人的行列热闹一翻。

走到水库边时，我想到失踪的阿绿，她的电话一直处于关机状态。明年的清明我会来祭拜她吗？对于一个失踪的人来说，一切皆有可能，想到这里我不由得颤抖起来，脚步一晃差点踏进水沟里。

手机是我唯一的希望，我希望某一天拨通阿绿电话号码的时候，我能听到她甜甜的笑声。

我的手机响了，"嘀嘀嘀"，有人发短信来。我拿起手机一看，是个陌生的号码，而且还是彩信。很少有人发彩信给我，在这方面我是个落后分子，我自己从来没发过彩信，也仅收到过三两回，回复是谈不上了，抱着好奇心看看而已。我摁开这条陌生人发来的短信，心里祈祷不要是哪个无聊人发来的恐怖图片。

我看到白色的一片，在白色的正中是一个月牙。谁这么有心拍了天上的月亮还用彩信发给我呢？但我连谢谢都没说一声就把手机盖合上了。猫回来了，"喵喵喵"围着我转，显然，玩了一天，它饿坏了，巴望着我给它东西吃。我在茶几下的袋子里抓了一把猫粮放进它的碗里，看着它吃得贪婪而又畅快，它粉红的舌头伸出伸进，不但露出小小的尖利的牙齿，连粉红色的牙根都露出来了，它在笑吗？有好东西吃是应该笑的。猫——咬——阿绿手臂上月牙形的牙印，我回想起那个莫名其妙的彩信。天啊，那不是阿绿手臂上的印迹吗？还有阿绿白皙皮肤的一小片。我对阿绿的皮肤是无比熟悉的，阿绿的皮肤白里透红，可能由于光线的缘故，彩信里照片的底色变成了白色，有白色做底，月牙形的粉红就分外醒目。我按发彩信来的那个号码回拨，却听到电话里的小姐告诉我："你拨打的号码是空号，你拨打的号码是空号。"真是活见鬼了，明明几个小时前还发过短信，怎么到这会儿就变成空号了？我开始推理：阿绿和发短信的那个人在一起？那个人知道我和阿绿的关系？他知道我的号码？曾有一秒钟的时间，我想到过要向警察求助，但凭着月牙形的齿印，再凭我有限的交往范围，我想，我自己能把阿绿找到。

接下来是星期六，我有两天时间可以用来全力以赴地寻找阿绿。

每一个我想到的人我都会去向他们询问，直到找到阿绿为止。但我第一个想到的是阿赛，我想到了他，虽然我没有找到他这么做的理由。但有些事不需要理由，或者有我不知道的理由，总之，阿赛家是我寻找阿绿的第一站。

离开小区这么久，我从来没有想到过再回去，但这次是为了阿绿。我说过我不会放过任何机会。去那里对我来说是轻车熟路，我甚至熟悉小区大门到阿赛家的每一棵草木，因为我曾在这条路上来来回回不知走过多少次，有时是我一个人，有时候我和阿赛一起。我一个人的时候走得很慢，像要踩死路上的蚂蚁似的，反倒是和阿赛一起，我们走得稍微快些，毕竟我和他还没有结婚就住在一块儿，怕邻居知道我们的关系在背后指指点点。

　　再次回到这里我感慨万千。阿赛家门口和我离开时一样，要不要敲门我犹豫了半天。见到他我应该怎么跟他说？如果阿绿真的在他家，或者被他藏在什么地方，他会如实告诉我吗？那么我是否要制造一个谎言，说我有事来这边，顺道来看看他？这个理由太牵强，当阿赛来我现在居住的地方找我的时候，我曾经多少次把他赶出门外。现在怎么可能去看他，或者说我的东西忘拿了？但我的确没有什么东西忘在他家而且是非拿走不可的。正在左思右想之际，门突然打开了，吓得我身子往后缩了半步。阿赛很快看到了我："晓岚，怎么会是你？你站在这里多久了，怎么不敲门呢？"无奈之下我编造了谎言："我来附近办事，顺道来看看你。"脱口而出的谎言，也不管它有多少可信度了。好在阿赛并没有追究，他把我让进了门，进门之后我就东张西望，在阿赛看来我东张西望是看看我离开之后房间的变化，而我却是想在里面搜索阿绿来到的蛛丝马迹。

　　我什么都没看到，房间还是老样子，甚至卷筒纸、垃圾桶摆放的位置都未曾改变过。我该怎么跟他开口说我是来寻找阿绿的，况且我和阿绿相识是在跟他分手之后？如果真要说，一两句话还真说不清楚。我打消了这个念头，在房间里站了几分钟就打算离开。我转身跟阿赛告别，阿赛说话了。

"晓岚，你坐下来，我有话跟你说。"

"我们俩都已经分手了，还有什么好说的？"

"你坐下吧，我想和你谈谈阿绿，我猜你在找她。"没想到阿绿的消息会从阿赛嘴里说出来，也算是"得来全不费工夫"了吧。

听到这话我惊异得不明所以："是啊，你怎么知道阿绿？我找了她很久了，她失踪了。"

"那你先坐下，我慢慢和你说。"

"阿绿这段时间一直和我在一起，但她怕伤你的心，她现在和要好姐妹的前男友在一块儿，所以就换了号码。但她又怕你担心，所以昨天她就用一个闲置不用的号码发了一条彩信给你，发完后就把那个号码注销了。彩信是她手上的一个牙印，她说是你养的猫抓的。她给你发短信的目的是，她要让你知道她还活着，所以用了一个你们俩都会意的记号——那个牙印来告诉你。"

我恨不得狠狠地打他一耳光，但我还是忍住了："你们做得太过分了，你想想，谁会对一个活人的消失无动于衷呢？偏偏你们如此安稳，在这里过你们俩的小日子。"

我坐在沙发上哭了起来，当时我从这个家里出去的时候都没有哭。我坐在沙发的一端，不顾及自己形象频频抹眼泪，眼泪和鼻涕是孪生姐妹，眼泪流下来的时候，鼻涕也跟着淌出来。阿赛递给我纸巾，不然我不敢想象我当时的情状。阿赛以为我是因为前男友和自己比较看重的女朋友在一起才哭的。

他抚着我的肩膀："对不起，这事发生得太意外。你刚从这里离开的时候，我费了一番周折找到你住处的地址，我是打定主意要把你找回来的。去到你家门口，你的房门关着，敲门也没人应，我便坐在门口等你，回想我俩在一起的日子，我们是何等快活，是何等恩爱，我不该不相信你，不该用避孕套试探你，我那次去是想求得你的谅解的。想到伤心处，我的眼泪就流下来。阿绿也来找你，看到有人在哭，而且哭得如此伤心。她听说我是你的前男友之后，就近找了个酒吧，她想安慰安慰我。我竹筒倒豆子般把我们俩相遇相处的经过跟阿绿诉说了。在这件事上，阿绿比我了解你，她说，晓岚姐如果离开了谁是不会回头的。是的，我只是抱了一点点希望，你能回头的希望，如今阿绿的几句话就把希望的火苗浇灭了。有个人听我诉说我的确是舒坦了不少。我也觉得抱歉，一个素不相识的女孩子仅仅是因为认识你，就用了十足的耐性，静静地听我说了近两个小时，当然心里更多的还有感激。一激动，就要了酒，阿绿的性格你应该比我了解，她的脾气性格比较像男孩子，说喝酒也不管自己酒量怎样，就放开喝起来。我当时是酒入愁肠，当然越喝越想喝，就停不下来了，一直到酒店打烊。阿绿比我稍微清醒一点，我喝醉后，回想我对你做过的不被原谅的事情，我就坐在马路边大哭起来。阿绿问我住在哪里，我说完就不省人事了，阿绿送我回的家。我整个人全靠阿绿支撑该是多么沉重，阿绿连拉带拽，硬是把我搬回了家。我倒在沙发上，阿绿想离开时，我死死地拉着她不让她离开。两个酒醉的人后来发生的事情我也没脸再叙述了，总之请你原谅。上次我来找你就是想去跟你说说这件事情的，阿绿不让我来，我觉得我该来跟你说清楚，因为毕竟是我亏欠你。阿绿说等过一段时间，等你对我的感觉完全消失之后再跟你提及此事。她说，虽然我们俩相好是在你们分手之后，无论怎么我也是你的前男友。话虽如此，从阿绿的话语间我知道，陪伴你的除了猫就只有阿绿了，阿绿如果不去跟你说话，我大体可以想见你的日子是什么样子，你完全会把自己与外面完全隔绝开来。所以那次我去你的住处找你阿绿并不知道，可没想到你不容我解释就把我赶了出来。晓岚，我真的对不起你。”

"你们不用觉得对不起我，我与你分手后，你想和谁在一起是你的自由，阿绿也没有必要玩儿失踪，让我胡思乱想了这么久。”

"话虽如此，可是……"

"没什么可是的，阿绿呢？"

"她去超市买东西了。"

原来阿赛的房间依然这么整洁，东西各归其位全是阿绿的功劳，开初我还以为阿赛已经改掉了邋遢的坏毛病。

我得等阿绿回来，我得让阿绿知道我来找过她，我和阿赛之间已经没什么好说的了。我拿出手机随意点开视频观看，阿赛看我无意跟他多说，便自顾自去里间上网了。我大约等了半小时就听到开门声，我知道是阿绿回来了，我坐在沙发里没有动，像只老虎一样守在洞口，伺机逮住从洞口路过的猎物。以什么心态面对阿绿我已经想好了。首先不会恨阿绿，但我得提醒她，她可以为了阿赛抛弃我这个朋友。

我没有笑，也没有忧伤，经过刚才的发泄和半小时的思索，我已经彻底平静下来。怎么说还有一点高兴的理由，阿绿现在和阿赛在一起了，因为有前车之鉴，阿赛不会再去试探阿绿了。至少阿绿曾经带给我快乐，在和阿赛恋爱以后还来陪伴过我，也许她那时是痛苦的，自从她和阿赛在一起以后，前后不同的心境，却要用同一种心态面对我，我可以想见她的痛苦，我也理解了她为什么要玩儿失踪。

钥匙在锁孔里转了半天才打开，阿绿看到我坐在沙发上，惊奇得东西都掉在地上。

"晓岚姐，晓岚姐，你怎么会在这里？"

"我来找你，我收到了一条彩信，在搜刮了所有记忆之后，我第一个想到的就是我的前男友阿赛。我以为他会因为想和我继续在一起才绑架了你。"

"对不起，岚姐，你想得太复杂。我真的很抱歉，原本我想跟你说的，但我不知从何说起。"

"阿绿，是的，是我把这件事想得太复杂。但你们俩在一起也是我没有想到的，更没有想到你会因为这件事躲着我。"

阿绿磨磨蹭蹭地在我身边坐下："阿赛呢？"

"在里面。"

"阿赛，你出来，岚姐来了，你躲着干什么？这件事迟早要面对的。"

阿赛出来了，一脸的内疚。阿绿说："岚姐，你是想和阿赛重修旧好？"

"不是的，我只是来找你，现在找到你就好了，我再也不用胡思乱想了。"

不需要太多的解释，一切都再明白不过了。

"以后我们还能是朋友吗？这段时间我很想你，我老想去找你，可是见到你我又觉得愧疚，心里有事压着，和你相处的每一分钟对我都是折磨，所以我才选择了这个不恰当的方式。总之都是错，这样反而害你为我担心。"

"如果你想来找我，我还是欢迎的。"

这次我是真的打算离开了，从此以后也不会再踏进半步。阿绿和阿赛还想挽留我多坐一会儿，但我已经没有留下来的理由。他们把我送到一楼，就折回去了。我走在小区的路上，像逃跑似的，在之前我从来没有走过这么快，我不知道自己想逃离什么。哦，我想起来了，为了寻找阿绿，早上出门时太匆忙，忘记给小猫留口粮了。因为饥饿，它一定在紧闭的门前一边团团转一边嚎叫。目前，它是我在这个城市唯一的依靠，我也是它的。

# 糖罐子

　　这是个废弃了二十多年的空地，最近才被村民整理出来。树在二十多年前都砍光了，奇怪的是，在这二十多年里，在这块空地上，光长草了，就没有长出一棵杂树。野藤子纠葛着草，草在藤条的纠缠中，枯了又荣，荣了又枯，它们是听从季节调遣的听话的野物，像一个个乖顺的小媳妇。但小媳妇也有发飙的时候，所以放牛的、砍柴的、打猪草的都不大到这块空地上来。

　　这块空地还喜欢长糖罐子，糖罐子开洁白的花，花开疯狂时，那香味会一阵阵袭击你的鼻子。到糖罐子结果时，树上像挂着一个个橘红色的古董花瓶，无须采摘，光看着就能把你的口水勾起八丈长。在山里，糖罐子虽不是什么稀罕物件，但它也有它自己的脾气。糖罐子到底是一个何种脾性的小妖精呢？用色泽、香味、甜蜜及性感的身体诱惑你，又长满小刺阻挡你。

　　村寨附近有这样一块地却少有人来，只是野草疯长，杂藤疯窜，这倒便宜了那些小兽，把这块人迹罕至的空地当成爱巢。

　　负责整理场地的人挺不情愿，但他们也并不是没有一丁点儿收获，他们在地上捡到几枚野鸡蛋，至于野鸡和兔子，在他们还在开辟那一条杂草丛生的道路时就逃跑了。在山上生活的野物们都是精灵，对人声、人气以及人的脚步声有着天生的敏感，再就是它们或生了翅膀，或长了能飞跃的双腿，总之，人要掳获它们，得靠那么一点点运气，即便他们有时候手持猎枪。

他们先用砍刀把藤条砍断，其中一个参与整理场地的女人说，砍藤条真像是砍去自己的双腿，让人感到疼痛和害怕，她对其他人说："你们先砍藤子，一会儿我负责锄草。"可真到锄草的时候，却不见她的踪影，想必锄草又让她联想到什么了。这件事作为笑谈，让继续劳作的人嘀咕了半天。锄草用锄头，"喀、喀、喀"，像砍头似的。砍糖罐子的时候他们最开心，因为他们大多在摘糖罐子时，被糖罐子身上的刺蜇过。草太茂盛了，而且与人的颈脖相比，还是显得太细，而且他们不相信，这些草会跟人一样有疼痛感，倒是锄草的声音听起来令人兴奋，让砍草的人度过了一个愉快的下午。

平整的、散发着野草清香的空地像一块处女地，让完工歇息的人有了开垦的欲望。他们谁也没把自己的真实想法说出来，只是在肚子筹划着，等这件事情过后，他们要来这里种上些什么。在这大山里，要找这样一块肥沃、平整的空地是很不容易的。

年长的村民仍然记得二十年前的那个下午，全村村民无论男女老幼都聚集在这块空地上，他们抓住了一个潜逃的"走资派"，这个"走资派"很是狡猾，他以为自己躲进山里就没人找到了，但火眼金睛的山区人民还是把他从崇山峻岭中揪了出来。在抓到这个"走资派"之前，"走资派"一词尚属于广播里、宣传干部嘴里以及包裹物件的报纸上的新鲜玩意儿，他们既不知道"走资派"是干什么的，也不知道"走资派"长成什么样，只是从各个渠道知道，"走资派"是过街老鼠，是人人喊打的坏人。

村民揪出"走资派"姬然纯属偶然，如果论功劳，也只能算到小嘎身上。小嘎当时二十二岁，初中毕业就回了山村，是山村里最有文化的人。像小嘎这种人在山村是不大被人看得起的，读书回来，肩不能挑、手不能抬，在毒日头下，干半天活儿就哭爹喊娘。村民们过年写个对联、给亲戚寄个消息什么的，常常找他帮忙，但私下里，他们喊他"二流子"。"二流子"不到万不得已是不会下地干活儿的，所以大多数时候要么是在寨头寨尾瞎逛，要么是去山下的镇上，找找昔日的同学、攀攀远房的亲戚，混吃混喝几天又折回山寨。父母不是没拿笤帚打过他，他挨了打也不见有丝毫改变，久而久之，父母就懒得管他了。

　　这一天小嘎又下山了，在表姨家，他出来上厕所时，看到厕所墙上贴着一张纸，好奇的小嘎哪有不凑过去看仔细的道理？这一看不打紧，纸上有一个人的画像，旁边还用毛笔写着："打倒走资派姬然！打倒走资派姬然！"小嘎恍然大悟，哦，原来上山的宣传干部嘴里的"走资派"是这副模样呀，还以为是什么怪物，不过是跟我们一样，长了两只耳朵、一个鼻子。小嘎看姬然的画像看了老半天，居然记住了他的样子，他可以回山寨向村民们形容一番了，"走资派"到底长成啥样。

　　话说"走资派"姬然逃到山里无处可去，找了个自以为很安全的树林里搭了个窝棚，他不相信他永远是被批斗的对象，等风声过了，他再下山去。小嘎不是喜欢窜吗，窜来窜去就在山里迷了路，便发现了姬然的窝棚。开始小嘎以为是村里的某个猎人搭建的，便想去里面搜寻点东西吃。山林常见这样的窝棚，小嘎见惯不怪。于是他发现了正在生火的姬然，"叔，叔，叔。"小嘎叫了几声姬然都没答应。姬然越是不答应，越是把头低着，小嘎越是想知道，是村里的哪位大叔竟如此腼腆。他伸手去够他的脸，那张脸扭开了，小嘎是个倔强的小伙子，你越不想让他知道你是谁，他就越想知道，一来二去，姬然就倒在地上了。这下小嘎看清了，他不是山寨里的，但他是谁呢？这时他把刻在脑海里姬然的样子调出来，一对照，这不是大"走资派"姬然吗？虽然跟照片里的样子不大一样。

照片里的姬然是严肃的，脸庞是干净的，标准的干部脸。而这张脸，头发胡子胡乱地散开来，脸色煞白。但小嘎记得他的五官。对头，就是他，没错，他是大"走资派"姬然，原来他躲在这里。他怎么躲到这里来的，小嘎不想知道。从他的面相上看，这一路他吃了不少苦头。"走资派"姬然躲到山里想逃避革命群众的批判是绝对不行的，虽然小嘎没有参加红小兵，但并不因此说明他无此觉悟。在确认他就是"走资派"姬然以后，他能想到的词语只有两个：批斗、打倒。至于如何批斗、如何打倒小嘎还是一头雾水，虽然间或在镇里看到过一两次，但他只是作为革命群众，并没有记住它的全部过程。

恍惚过后，狂喜随之而来。这下，他们山寨也有"走资派"了，"走资派"再也不是作为一个词语而是作为一个实实在在的人出现在他们山寨了，这对山寨人民来说，具有多么大的现实意义呀。他们也可以仿效镇里的红卫兵，对"走资派"斗上一斗了。狂喜中的小嘎没忘记随手解下套在肩上的绳子，把姬然绑起来，他特别害怕姬然逃走，那他的天大功劳并想借此提高他在山寨地位的愿望便要落空了。小嘎把姬然绑在窝棚的柱子上，对姬然说："你这个可恶的走资派，别妄想逃走，山里我熟得很，你逃到哪里我都能把你抓回来，那时就不仅仅是把你绑起来这么简单了。"在小嘎面前，姬然不但显得年迈而且还理亏，关键是近两年的批斗和两个月的野人生活把他的身体搞垮了。要放在两年前，游手好闲的小嘎哪是他的对手？所以当小嘎拽着姬然要把他绑在柱子上时，姬然像一条丧家的狗。

偏僻的山村出现了"走资派"，这是天大的新闻，怪不得小嘎挨家挨户地进行宣传。"叔、叔，我抓到走资派了，哈哈哈。""婶，婶子，我抓到走资派了，我抓到走资派了。"见人就说，每说必兴奋异常，山村善良的人们真怕他从此得了疯病。可小嘎的神经健壮着呢，疯病一般只会拣那些饱受欺凌的妇人下手。村民受到了小嘎的感染，纷纷想知道"走资派"长什么样子，小嘎却又卖起了关子，"到时候你们就知道了，到时候一定让你们大开眼界。"

小嘎在山村里只能算个后生小辈，抓到"走资派"的确替他增光不少，但如何处置"走资派"，他尚没有决定权。既然人是他抓到的，他还是有建议权的，所以当村支书和村里的老人商议如何处置姬然时，小嘎列席了。山寨里出现"走资派"，这对僻静的山寨来说，属第一回，村里的老人也不知道该如何处置。大家都拿不出办法的时候，便询问小嘎，小嘎就把他在镇上看到的批斗"走资派"的情景向在座的老人描绘了一番。最终会议决定，由小嘎全权处理批斗"走资派"姬然的事宜，他们尽力配合。批斗会上的纲领性发言由村支书负责，但会上说什么由小嘎提前告诉他。

批斗之前得先找到一块宽敞平整的空地，而且还要搭建一个高台，想在山里找到一个平整宽敞的空地谈何容易？如果不建高台，又怎能显现出批斗的严肃性？但最终还是让他们找到了一个平地，但不是空的，要让它变空，就得砍掉长在地上的高大的树木，除去地上的杂草，那地方人迹罕至，还要修一条通向空地的道路，开辟道路所花的时间并不比修整场地少，问题是对于这样一件关乎全村政治觉悟的大事，村里没有一个人敢懈怠。

批斗那天全村出动，寨子好久没有发生过大事了，所以对这件事情，大家都很兴奋，弄得像过节似的，不但歇下了手中的活计，姑娘媳妇还拿出塞在箱底的过年过节才舍得穿的衣服。他们嘻嘻哈哈、一路一说的，去山下赶集的盛况出现在临时开垦出来的山道上。才平过几天的地，便有小草无畏地冒出头来，算是土地爷爷送给批斗会的贺礼吧，这点贺礼有或者没有都不会影响村民的心情，倒是仓促搭就的高台显得歪歪斜斜。木料都是极好的，想必是搭建的人想起它的一次性用途便少用了些心。好在用篾片编织的地板又紧又密，让那些即将走上高台的村头儿村脑儿少了些担心。

姬然跪在上面，当人差不多都上台的时候，高台略微有些凹陷，好在簇新的高台十分争气，居然把台上的人都稳稳地托住了。下面站着全部村民，除了那些下不了床的，全都来了，因为村支书有话在先，如果他们不来参加这个批斗会的话，只能说明一个问题，就是他们的政治觉悟太低，下一个挨批斗的恐怕就是他了。不管村支书用不用这番话吓唬他们，当他们听说要在村里批斗"走资派"后就决定来参加了。村支书对他们说那番话时，放肆的栓子媳妇还挑逗似的对村支书说："来呀，来批斗我呀，我在床上等你来批斗我哈。"原来"走资派"是这个样子的，和村里久病的老头儿差不多，原来当官的跪着和我们跪着是一样的，一样没了形状，没了胆气。没见之前还以为他长着三头六臂呢，所以才要那么多人去斗，所以才要把他们置于高高的台上。

村民的喧嚣在小嘎的手势安抚下停了下来，大家都用期待的神情看着他，小嘎不由得挺了挺他细瘦的肚腹，仰了仰他乱蓬蓬的头。站在台上，他立即觉得自己伟大了起来，台下那么多姑娘、媳妇殷切的目光望着他，他的小腹也随即热了起来，似乎是想小便，但这时候他不能下台，在批斗会完成之前他得挺住。小嘎搜光了他肚子装的学习了八年的所有墨水："咳，咳，咳。各位父老乡亲，今天我们聚在这里批斗潜逃至此的大走资派姬然，是我们村与党的思想保持高度一致的结果，也与人民政府保持了高度的一致。我们批斗走资派姬然，就是要认清当前的形势，不要以为在我们这山旮旯里，走资派就与我们无关。他们不但逃到了山里，还把这里当成了避难所，这是决不允许的。我们绝不能让他的阴谋得逞，幸亏我们抓住了他，在这里批斗他、教育他。望走资派姬然老老实实地接受革命群众的批斗。"

小嘎讲的话其实是村支书该讲的，这下小嘎把村支书的话都讲完了，村支书正头痛他要说什么。小嘎就说道："我们的批斗会正式开始，现在请村支书做重要指示。"接下去便是一片"啪啪啪"的掌声。在轰鸣的掌声里，村支书埋怨地看了小嘎一眼，不得不从凳子上把屁股抬起来，磨磨蹭蹭地来到台前。他心情十分沉重，这样的情绪传递给了台下的人民群众，台下的空气也跟着凝重起来。"说什么呢？这个该死的小嘎子，把我的话都说了去，让我说什么呢？但作为村支书，在这种场合不说点什么又十分不妥。那就随便说点什么吧。"

"各位乡亲，我们山寨几十年没有发生大事了，现在它发生了。很荣幸，我仍然能为这次批斗会尽绵薄之力。我们山寨的好青年小嘎抓到了走资派，作为一个有觉悟的、在伟大领袖毛主席教导下一步步走向共产主义社会的村寨，我们有责任、有义务替党分忧，这才有了我们今天的批斗会。不管批斗会开成啥样，不管走资派姬然从此以后是向好或者更坏，总之，我们尽了责。这要是放在山下，恐怕就没有那么简单了，他们的台子是水泥堆砌的，跪起来让人更加痛苦，参与批斗的人山人海，一人一口唾沫就能把坏人淹死。只有这样，方能显现被批斗者罪孽之深重。"

说到这里，村支书把右手举起来，高喊道："批斗他，批斗他！用唾沫淹死他，用唾沫淹死他！"村支书左拼右凑，实在不知道还有什么需要讲的，但又不能让批斗会冷场，他才临时想出喊口号的主意。台下的村民激动地跟村支书一起高喊："批斗他，批斗他！用唾沫淹死他，用唾沫淹死他！"当然他们也适时奉上了嘴里的唾沫。走山路一段时间，在那里叽叽喳喳一段时间，在那里闷声一段时间，他们的唾沫也干得差不多了。他们的唾沫量少，虽然弹射距离可观，但很少有吐到姬然身上的。大多是后面的吐到前面的人头上，前面的人吐到松软的地上。一点点可怜的唾沫，很快便被土地当作上天的赏赐了。前面的人挨了后面人的唾沫，又是大骂，又是撕扯。混乱的场面差点失控，还是村长在台上声嘶力竭地叫了半天，村民们才停下来。批斗会开成这样，连跪着的姬然都觉得可笑。

对于这次批斗，姬然不以为然，虽然他始终跪着，头始终低着，但是在他漫长的人生途程，他不会把这次批斗当成一个污点，挨这样一群没有文化的、粗鲁的山野之人的批斗，本身就是个笑话。事实本身就是如此，他们互相吐唾沫的情景，哪是在批斗他呀？分明是他们在互相批斗，而他作为唯一的观众有幸在台上听着。小嘎对这次批斗会当然不满意，但他不会轻言失败，所以在乱况发生以后，他不停地安慰自己："村寨山野，能把批斗会开成就挺不容易了。"他对自己的发言还是挺满意的，对于大姑娘、小媳妇投射过来的崇敬眼光也十分受用。从此以后，看谁还敢小瞧他？或者他看谁不顺眼，捉他来批斗一番也是说不准的。小嘎心里更加清楚，在山寨把批斗会开到这种程度也实属不易，一来他们不知道"走资派"到底是种什么罪（他们只知道杀人放火是要砍头的），自然无法揭露他的罪行，他们也不知道姬然祖宗十八代的情况，自然也无法用语言去挖他的祖坟，加之一部分村民是抱着看热闹的心情来的，少有人是因为政治原因，因政治原因参加批斗会的那部分人政治水平又十分有限，自然没有自己的想法，连人云亦云都说不上。批斗会草草收场在意料之中，只是他没有想到事情演变成村民互吐口水，直接在"走资派"的脚下打起嘴仗来。

虽然村民嘴里喊着"用唾沫淹死他"，连七岁小孩儿都知道，除了言语上的侮辱，他们不能拿他怎么样，不然他们也无法向政府交代。

批斗会第二天，由小嘎带队，外加三个身强力壮的青年一起，把姬然押送下山，交到镇革委会主任手里。革委会主任对他们的英雄创举进行的激励我不想赘述。从革委会主任身上掏出来的那点奖励金不过才过了一会儿，就变成了小嘎他们一行四人身上的尿和屎了。


寨子里有户人家，没儿没女，住在离村寨两公里多远的地方。老夏婆和老夏公都活着时，寨子里热心的人多次上门劝说，让两位老人搬到离他们村寨更近的地方居住，他们总是不肯。他们说，他们在那里住了几十年，早已习惯了，况且他们的祖辈还埋在屋后的山里。他们住在那里，也好离他们近些。后来，老夏公去世了，留下老夏婆和一条大黄狗，村里又有人上门劝说，请她搬到村子里居住。老夏婆仍然不肯，说那里才是她的家，她哪里都不想去。再说老头子也埋在屋后，她住在这里跟之前没什么分别，有阿黄在，有老夏公陪着，她能把日子过下去。数次劝说无果，村上的好心人便打消了再劝老夏婆搬家的念头，只是隔三差五地派小孩子上去看看，或者村民上山打猎、砍柴时绕一段路，从老夏婆屋后那条小路经过。主要是看她是否活着，还有就是看她是否有糊口的粮食。两件事情比起来，更让他们担心的是，老夏婆住在那么远的地方，倘若有一天她去了，却没有人知道，这对山寨来说是一件非常恐怖、极不光彩的事情。虽然是偏远山寨，可谁也不想背负弃孤寡老人于不顾的恶名。担上这个名声，他们在其他村寨的人面前就会抬不起头来。他们看重名誉，怕被人戳脊梁骨，任谁也不想做下恶事以至于受到山神的诅咒，让他们困苦的生活雪上加霜。

老夏婆虽然七十多岁了，可山里人的体质能抵挡住生活的折磨，她在屋前屋后及附近的空地上种小麦、土豆、山药、玉米和少许蔬菜。至于油盐，买一次就够她吃上一年的了。都是山里人常种的粮食，老夏婆人轻力薄，种的数量虽少，可一样都不曾落下，如此，便把她简单的日子应付了下来。至于柴火，山上是最不缺乏的了，她自己在附近捡一些，偶尔也请小孩儿或过路的村民帮帮小忙。她堂屋火塘的火是从不熄灭的，一是用来吓唬小兽，二来山里人家，哪家没有火塘？烧个开水，煨个土豆、山药的也方便。再说山里湿气重，屋里常年有火烘着，屋子不但干燥而且暖和。如有上门探望的小孩儿或者顺道帮忙的村民，她立即就会从火塘里掏出一个烧熟的物件，递到他们手里。

事情就出在上门探望的小孩儿身上。这天，两个小孩儿奉命上门探望，虽然老夏婆煨的吃食对他们有稍许吸引力，但对于他们来说并不十分情愿，往返不耽搁的话则需要个把小时，如果路上磨蹭就得需要更多时间了，这肯定会耽误了他们玩耍或是掏鸟蛋的时间。大人的命令又不得不听从，两个人同行，他们岂能放过玩闹的机会？在山路上也不忘打打闹闹、嘻嘻哈哈，两公里多路他们走了差不多两个小时才到。

老夏婆的门朝里关着，他们便从窗户往屋里看，还听到一阵哼哼唧唧的声音。他们以为老夏婆生病了，加快了眼睛搜寻的速度，好在房间不大，家具不多而且房间敞亮，花了不多的时间他们便在床上看到了老夏婆。她赤身裸体不说，还脸庞红红的，双眼紧闭着躺在床上。大黄狗趴在她身上，似乎在撕咬她，似乎又不像，一前一后地动着。狗是他们的玩伴之一，可他们从来没有如此跟狗戏耍过，真不知道这是一种什么新式玩法。凭他俩之力，无法把发疯的大黄狗从老人身上拉开。于是他们捂着小嘴离开了老夏婆家，然后又飞奔着回家请大人前来帮忙救人。直到村民们撞开房门，赤身裸体的老夏婆才睁大眼睛，阿黄被村民从老夏婆身上打了下来，从阿黄的身体里流出一溜白色的可疑液体。大人知道那是什么，小孩儿想问，但被大人喝住了。面对三五个壮年男人和两个小孩儿，老夏婆知道发生了什么事，她赶紧拉过棉被盖住自己的身体。她脸上的潮红尚未褪尽，眼睛里流露出超乎她年纪的奇异光芒。这时她并不看众人，只是用被子遮住身体，身子扭向屋后，脸也跟着扭朝一边，站着的人看到她脖子上深深的皱纹，仿佛是山间几道被雨水冲刷的沟坎，还有那张风吹日晒过的、黝黑的、红霞缓缓褪尽的左脸。

让两个孩子不解的是，老夏婆不是被阿黄撕扯了半天吗，怎么不见她身上的伤呢？也没有一点血迹，还有什么比这更神奇的事情？大人们又是另一番心思，以前他们总骂别人"狗日的，狗日的"，今天他们总算亲眼见到了。原来"狗日的"不光是一句恶毒的骂人的话，而是可能实实在在发生的事情。老夏婆做下如此见不得人的事情还被他们撞见，似乎也没有羞人到撞墙的地步，也没有跪求他们不要把这件事声张出去。一时间他们恍然大悟，为什么他们多番劝说老夏婆，老夏婆就是不肯搬下去跟他们一起居住，原来她想避开众人，干这件见不得人的勾当。这的确超出了他们所能承受的道德范畴。在山寨，人跟除自己伴侣之外的异性发生关系他们尚且不能容忍，尚且要把他们钉在耻辱柱上，只要需要都可以往他们身上唾一口，更何况人跟畜生？更何况一个年逾七旬的老人和一条中年的狗？在这之前他们不但没听说过，更是没见过。

惊愕和恐惧久久不能从心里消失。为了尽快消除恐惧，他们唯一能想到的办法就是把这件事告诉更多的人，让人替他们分担一些。只有让更多人知道这件事，他们方能确认，这事件是真的发生了。当这件事传至山寨每个大人和小孩儿的时候，当这件事成为人们茶余饭后及睡前的谈资的时候，谈到连听的人和说的人都感到无比恶心的时候，他们便不再怀疑了。想到淫荡的独居的老夏婆时，他们便像想到一头长满疥疮的母猪。有那么几天，山寨里谁也不谈论了，好像集体约好了似的。他们打定主意，不再让这件事影响到他们的食欲、性欲和睡眠。不谈论并不代表没发生过，并不代表这件事情没有长出一双飞毛腿，跑到其他寨子去。在山里，他们一直相信，传递消息的不仅仅有他们随身携带的嘴，还有飞禽走兽、鼠辈和走村串寨的虫蚁。再说，事件本身也会长出翅膀、长出双腿，它的翅膀和双腿能匹配出跟事件离奇度相适应的速度。

终于有人提出来说，既然事情已经发生了，该怎么做才能挽回山寨名誉上的损失。对于如此巨大的损失，说到挽回，也只能是可怜的一点点，但总比什么都不做要强。在这期间，没有人再去探望老夏婆了，没有人愿意踏入她肮脏的地界半步，也没有人愿意看到她那张淫荡的老脸。老夏婆的脸在事情发生那刻起就不存在了，此时，在村民心里，老夏婆就是一个没有脸的人。她又像一根刺，深深地扎进村民的肉里，扎进他们的骨里。他们想拔除这根刺，他们绞尽脑汁。

没人关心老夏婆的生死，如果可以选择，村民是愿意选择立刻让老夏婆去死的。如果还在旧社会，他们可以名正言顺地投石把老夏婆砸死，或者把她关在一个笼子里放在一个野兽出没的地方，让野兽分食了她的肉。但现在是新社会，谁也不能随意要人的命。拿村民众口一词的话说，他们还要抬起头来做人，他们寨里的姑娘要出嫁、小伙儿要娶妻，如果找不到解决的办法，他们的寨子岂不是要灭绝了吗？这是他们祖祖辈辈生活了几百年的村寨，这样的事情绝对不能让它发生。

小嘎已经四十多岁了，他的称谓也从"小嘎"变成了"老嘎"。受益于二十多年前的批斗，老嘎比同年龄的村民提前升级到"老"字辈。他娶了妻，生了子。娶的是他的崇拜者之——山寨最东边老石头家的二姑娘荷花。想起二十多年前那场激动人心的批斗会，老嘎觉得仿佛就发生在昨日。他无限怀念那次批斗会，对押着"走资派"下山、路人纷纷对他们抱以崇敬神情的景况记忆犹新。他做梦都想再次踏上那样的高台，做梦都想在众人面前发表一番那样有文化内涵的演说，做梦都想再次成为村民关注的焦点。别人跪在他的脚下听候他发落的感觉真是好极了，古时候的皇帝也不过如此吧？等了二十多年，山神保佑，机会终于降临了。所以老嘎在听到老夏婆和阿黄的事情后，并不急于表态。他知道，又一次露脸的机会来了，凭着二十多年前他批斗"走资派"的经验，处理老夏婆的事件，他有十足把握。"批斗吧！继续批斗吧！"没有比批斗更好的办法了。人不能斗死，斗死了谁会治她的罪？现在的老嘎与二十年多前相比，更沉得住气。他并不急于向村长提出建议，要等大家都束手无策时才站出来。

看时机成熟，老嘎便登上了村长的家门。照说，老嘎此时在村里的威望仅次于村长，见村长完全不必如此客气，但老嘎是村里的文化人，他始终坚守着最起码的礼仪，这点也是老嘎获得并保持威望的原因之一。当村长听完老嘎的建议之后，立马从蹲着的凳子上跳了起来，他拍着老嘎的肩膀说："老伙计，还是你们肚里有墨水的人有办法，你看，我在这里把头都拍肿了，就是没找到解决这件事情的办法。"老嘎把细节和村长一一述说后，村长均表示赞同。会议仍然由老嘎主持，但是村长必须得在批斗会上表态。至于地点，老嘎第一时间就想到了二十多年前批斗"走资派"的场地。

为了勘察场地是否可用，老嘎之前还悄悄地跑了一趟。还真是不好找呢，通往批斗场的路被杂草封住了，隐约可见批斗场是圆形的，长满了一人多高的杂草和野藤。这样一个荒僻的地方老嘎并不十分满意，经过二十多年，村里也并非找不出一块平整的供批斗用的场地。但这块地对老嘎意义非凡，其他的就不说它了，如果是批斗的话，还非得选在这里。老嘎想把前后相隔二十多年的两次批斗会通过这熟悉的场所联系起来。在场地的选择上曾有人提出过异议，说是太远，而且还要花工夫去修整场地。在老嘎的坚持下，批斗会的场地算是定下来了。

事情是单方面定下来了，只是怎样让老夏婆和阿黄接受批斗还是个问题。只有事先不让老夏婆知道，让小孩儿去通知老夏婆某日某时参加村里的大会即可。通知是阿基家的小泥蛋传达的，泥蛋在告诉老夏婆开会时是这么说的："山下发生了大事，村长要把这件事情的具体情况告诉给大家。所以要召开会议，村里人不论男女老幼都必须去听，不去听的人头交两块钱。"老夏婆在山上独居几年了，能活下来便不易，哪还管得了山下的变化？但老夏婆念及村民对她曾经的关心，在他们发现她和阿黄的事情之后，他们也并没有十分难为她，村长是她的远房侄儿，所以她得最后一次去参加他们的会议，听听他们在会上说些什么。最主要的是，作为告别，她打算最后一次下山去看看村里的人。估计隔不了多久，她就要去见她的老头子了，如果去到地下，老头子问起村上侄儿男女或者老伙计的近况，她回答不出来，老头子会责怪她的。

老夏婆村步不离阿黄，老夏婆去开会，阿黄自然跟去了。

老夏婆家离批斗场不远，当老夏婆慢悠悠地赶到时，批斗场已坐满了人。批斗场是用松木搭建的，老夏婆在离批斗场还有一段距离就闻到了松木的芳香。高台与二十多年前的相比，有一个天大的进步，因为它不再是歪歪斜斜的了，而且楼板也是用木板铺就，还盖了个像样的顶棚，崭新的高台完全是一个可以供体面人栖身的房子。看到高台时，老夏婆心想，这么好的房子，建在这荒郊野岭的地方，完事后废弃不用得多可惜呀。

台上空着一张独凳，台下的人都坐着，凳子都是各人从家里带来的，虽然凳子高高矮矮、长短不一，但人坐下了，就显得恭敬守礼多了。老夏婆许久没有参加这样的活动，她有些不习惯。没带凳子，又刚发生了那件事，她不再期望有人能把凳子让给她坐。她站在人群的边缘，显得有些格格不入。

好在过了一会儿村长侄子就招呼她去台上坐。虽然老夏婆觉得自己坐在台上不妥，但她没带凳子，而且她年纪大了，不能久站，于是便慢慢地向高台走去。老夏婆以为这是村长体恤她年老体衰，专门为她准备的凳子。她颇为自责，她错怪村里人了，村里人还是那么善良，还是保存了几百年延续的老礼，在尊敬老人的问题上一直没有退步。她踏上高台时显得很高兴，步履虽然缓慢，但她尽量让两腿不要打战。阿黄也跟着跳出上去，奇怪的是没有人加以制止。老夏婆坐定以后，阿黄就顺着她的脚边坐下了。老夏婆不用抬头就能看到台下的人，她从来没有在这样的场合中作为焦点受大家注目过，她心里开始有些慌张了，并且开始后悔未加考虑就听从村长的建议来到这高台上。凭直觉，这里不属于她，如果属于她的话预示着有不好的事情将降临到她头上，她想不出有什么不好的事情，她心里也不是没闪过那件事的影子，但她随即又否定了："不会的，这些后生晚辈和老伙伴们总是不忍的。"

但事情就是往老夏婆否认的方向发展的。有人跳上高台，她认得，这是老保子家的阿强，阿强手里拿着一根绳子。他走到老夏婆身边，悄悄地跟老夏婆说："阿婆，我们今天要开一个非常重要的会议，但阿黄在这里会影响会议的顺利进行，我们得把它拴起来，等开完会就把它放了。你老看看，要得不？"老夏婆既然坐到了台上，就不能不为整个会议考虑。阿黄自从到她家以后就从来没有被拴住过，可以说，阿黄既没有尝过绳子的滋味也没有尝过"棍子炒肉"的味道。她很不情愿地点了点头。伸手摸了摸阿黄的颈项和头顶，阿黄以为它的主人在招呼它，便回过头来舔老夏婆的手指。事情还得老夏婆亲自完成，老夏婆接过绳子，直起身又蹲下，看到她起身了，阿黄也站起来。老夏婆老了，动作慢腾腾的，台下性急的年轻人忍不住骚动起来，村长从前排站起来，转过身，对村民摆了摆手，骚动便停止了。想要让村民在瞬间安静下来是很艰难的，但他们居然做到了。这是种多么强大的力量，此时大家的目标都是一致的，就是尽快地、顺利地把山寨的颜面找回一星半点。老夏婆带着阿黄走到柱子边，先把绳子的一头套在阿黄头上，再把绳子的另一头系在柱子上。阿黄对老夏婆把它拴在那里很是不解，睁大疑惑的双眼看着她，好像是在问她："你，我亲爱的，为什么要把我拴起来？你从来没有如此对待过我，再说我对是你多么忠诚呀。我们俩像是一体的，我们俩曾经是一体的，为什么你如此下得去手，要把我拴在这里让我失去自由？"老夏婆走回凳子的时候，阿黄试图挣脱绳子，可当它转过身看到阿婆还在那里好好坐着的时候，它就面朝老夏婆坐下了。

泥蛋站在阿黄身旁不动了，他抱着双手，老夏婆只能看到他的背影，像一根大柱子，把老夏婆的心压得低低的，快低到台下的地底下去了。不好的预感越来越强烈，直至此时，她仍然没想到，这次会议只与她相关，只与阿黄相关。

当一切准备停当之后，老嘎才走上台。

年纪稍长的村民依稀记得二十多年前，老嘎还很年轻，不爱干活儿只爱闲逛，是村民嘴里的"二流子"。现在的老嘎却大不相同了，不再是裤脚低一只高一只，不再是精瘦精瘦的了。那时候他年轻，讲话声音那么大。他发言的时候，连附近偷听的鸟类和兽类都被他吓跑了。年轻的他身体极尽所能地向后挺直，现在老嘎仍然在用力向后挺身板，但还是显得有点佝偻。有媳妇管着、儿媳妇顾着，他全身上下都浆洗得干干净净的。只是他不爱洗头的毛病一直没有改正，他的脸黑漆漆的，黑到钻进泥炭里都不容易把他揪出来。山村老汉的脸大多像老嘎一样黑，村民们以为，只有跟他们一样黑的男人，才算得上真正的山寨人。老嘎比他们体面些，因为他们知晓，他肚里有墨水，这墨水永不干涸，需要的时候老嘎就会把肚里的墨水挤出来一点点，在他们面前随意涂抹，他们和他立马就能辨出高低了。为了不遮住老夏婆，老嘎站在另一根柱子的前面。

"乡亲们，我做梦都没有想到，二十年后，我们还能聚在这里，虽然你台下的人，有些二十年前没有经历过，有些二十年前经历过。而有些经历过二十年前那次事件的人骨头现在可以拿出来敲鼓了。可我要说，我不愿意主持这样的会。但为了这个山寨的先人和后人，我们不得不召开这个会。谁不想好好地过活？谁愿意拿自己的村民开刀？这是不得已呀。嗯……批斗的对象你们也早已看到了，就是台上坐着的老夏婆和阿黄。至于因什么事而批斗，我不好意思细说，想必在座的都已经知道了。为什么非开批斗会不可？从出发点来说，批斗是用来对付阶级敌人的。为什么现在却用在自己人身上？因为她使我们山寨蒙了羞，让我们山寨人无法在这里立足，更让日夜注视着我们的山神蒙了羞。我们批斗她，就是要擦去蒙在山神和村寨脸上那一层厚厚的耻辱，让山神继续赐予我们肥美的野兽和丰盛的粮食吧！"

老夏婆这才知道，山里人并没有放任她不管，他们之前没有任何反应是因为他们正在考虑该如何处理。该来的一切终于来了，从她被他们抓住那刻起，她就做好了受到惩罚的准备，最不堪的无非是被村民用乱石砸死。年轻时她见识过一次，虽然她没有往那寡妇身上扔过一块石头，但她看到寡妇被砸成肉团后她还是做了很多噩梦。直到她嫁了人，噩梦才从她的睡眠里离开。"来吧，批斗吧！我已经活了七十多岁了，足够了。批斗又算得了什么？"她的惊讶多于恐惧。在她看来，言语的侮辱就像是纸老虎，一个七十多岁的独居了几年的老妇人如果连纸老虎都害怕的话，恐怕她早就死于凄风苦雨中了。

接下来是村长讲话，村长不知道该讲什么，和二十年前一样，老嘎讲的就是村长要讲的，老嘎在前面把话讲完了，村长上台根本不知道要讲什么。作为一村之长，他又不能不有所表示："村民们，我们村又发生大事了。经过慎重考虑之后，我们决定在这里再开一次批斗会。虽然都是批斗会，但意义大不相同。第一次是关乎国家的命运，这一次是关乎山寨的声誉。你要问我哪次更重要，我觉得都很重要。第一次批斗会开得很好，很成功，这次我们也不能掉链子。狗和老夏婆都在台上了，说明他们已经认识到自己的错误。最后感谢老夏婆接受我们的批斗，自觉地跟我们一起维护山寨的颜面。"由于开会形成的惯性，村长差不多要带头鼓掌了，他想想不妥，这才把已经抬起来准备合在一起的双手硬生生地放下去。

至此，老夏婆才算彻底弄清楚，为什么非要她来参加、非要让她坐在台上、非要把阿黄拴在柱子上，她的侄子伙同村民欺骗了她。阿婆的气愤不在于他们批斗她，而是他们合起伙来骗她一个孤老婆子。老夏婆沉着脸。她离开凳子，作势要去解阿黄的绳子，可泥蛋拦住了她，有泥蛋的大手挡在前面，老夏婆根本近不了阿黄的身。老嘎该说的都说完了，村长也无话可说，眼看批斗会快开不下去了。突然，坐在第一排的老伍头站在矮凳上（老伍头矮小精瘦，选择站在凳子上而不是地上是明智的），举起手高喊："打死它，打死它！打死那条不要脸的畜生！"声音高昂而嘶哑，老伍头是亲历过前一次批斗的老人，他知道这时候会场需要什么。接着就有人跟着他喊起来，开始是步调一致，后来是七嘴八舌。同样的话喊过几次后颇觉无聊，有些便不再喊叫了。村民的意思老夏婆明白，她已经不再幻想牵着阿黄平安地离开这里了，只有接受批斗才能平息村民的怒火，从而保住阿黄的性命。对于黄土埋到颈项的老夏婆来说，荣辱对她来说不是最重要的了，有人或者哪怕是一条狗陪着，她也觉得安慰，对顺利地走完人生的最后一程也多了一份信心。老夏公先走了，如果有人再把阿黄从她身边夺走，她真不知该如何活下去。此刻她没有选择，只有一条路供她走，而她又不是全然没有羞耻心。在她看来，她和狗的关系在没人发现之前算不得是奇耻大辱，被村民撞见后她也自觉没脸见人。比如现在，她好像是裸体的，即便是冬天，她穿这么厚的衣服，都能感觉到他们的眼光在扒她的衣服。自从老嘎宣布此次会议的目的仅仅是为了批斗她和阿黄以后，她仿佛觉得，村民的目光都集中在了她干瘪的乳房和萎缩的下体上。他们是否想象得到狗进入她身体的情景？那是种久违的感觉，仿佛把她带入她和老夏公年轻时不眠不休的时候。幸好阿黄不知道批斗是怎么回事、脱衣服和穿衣服有什么不同，因为山寨里的狗是不需要穿衣服的，阿黄也不知道人和狗发生关系是一件多么有违伦理的事情。拿当众被人扒光衣服和被人夺去阿黄的命相比较，老夏婆宁愿选择前者。

呼喊声时断时续，老夏婆说话的声音像自言自语："我愿意接受批斗，我愿意受批斗。"这句话老夏婆重复了几次才被人听见。老夏婆退回原位，与先前不同，现在她不再平静地看着台下的村民了，而是耷拉着头，她耷拉着头的样子跟"走资派"一模一样。不过作为村民的一员，她被允许坐着，而真正的"走资派"只能跪着。

一个别样的批斗会进行着，老夏婆坐在台上，一个小伙子站在右边的柱子旁，一条大黄狗拴在柱子上。不知道的还以为被批者只是那个木然的老太婆，殊不知还有目光茫然、一脸困惑的狗。这是场憋屈透顶的批斗会，人民群众既不好细数被批者的罪状，又不能全然保持沉默。罪状他们说不出口，而全部沉默就像人还活着，他们却在集体哀悼似的。在村长话毕的半个小时里，除了那几句口号之外，没有一个人谈论的是与这次批斗会相干的。也不是没有人站起来发言，有人问："村长，你分给我家那几片地太瘦了，长不出好庄稼，你得想办法给我换换。"更有甚者，相邻的两人不知因为什么事，先是争吵，后来就动起手来，旁边的人不但不劝阻，反而火上浇油。台上没有好戏上演，就只能寄希望于台下了。这不，终于有人遂了他们的心愿，动手了。而有些小青年已悄悄溜走，躲进树林谈情说爱去了。

　　这样的批斗会前所未有，闻所未闻，连始作俑者老嘎都忍不住想笑。但他并非是一点儿办法都没有，他走上台，先让村民安静下来："今天批斗会开得很成功，谢谢大家。我有一建议，请大家举手表决。为了不让相同的事情再次发生，我建议将阿黄和老夏婆分开。村长不是老夏婆的侄儿吗？阿黄就暂时交由他代管。"这真是一条高明的建议，至少把走上岔道的批斗会领回了正道，所以就难怪村民们纷纷举手表示同意了。老夏婆和阿黄没有权利发表意见，老夏婆知道，如果她不同意，无异于把阿黄往死路上逼。她即便有千万个不情愿，也只能眼睁睁地看着阿黄被看守它的小伙子牵走。阿黄不是没有反抗过，但一只狗的体力怎能和一个年轻小伙子抗衡？阿黄被人强行拉走了，连回一次头的机会都没有给它。直到这时，老夏婆的眼泪才从她深陷的眼窝中淌出来。

　　阿婆是怎么走回家的，她不大记得了。她离开的时候批斗场空无一人，她坐在凳子上一动不动，好大一会儿，她才回过神来：该是回家的时候了。批斗场的人都走光了，仿佛从头至尾，批斗场就只有她一个人，阿黄不知跑哪里撒野去了。她以为自己把阿黄留在了家里，可到家一看，阿黄并没有在家门口摇着尾巴等她。她仔细回想，想了很久，方想起批斗会，想到刚才阿黄命悬一线，现在它的命总算是保住了，可作为罪狗，它已经被她的村长侄子看管起来了。老夏婆想哭，但她觉得不能，她的悲伤怎能超越老夏公的去世呢？一条狗而已，未免太荒唐了。她知道，从此刻开始，她真的孤苦伶仃了。她没有做晚饭，空着肚子躺在床上也不觉饥饿。想起阿黄围着她打转，跑到床上趴在她身上的情景，她难以入眠。一夜下来，老夏婆看起来比头一天苍老了许多。如果说先前只是黄土埋颈项的话，现在黄土已埋到她的额头了。

　　几天后，老夏婆去村长家看阿黄。阿黄听到老夏婆的脚步声就激动得直打转，老夏婆加快脚步，阿黄被绑在木栅栏前的柱子上，尾巴摇得更欢了。她蹲下来摸了摸它的全身，又用手扳了扳它的大嘴。她摸得很仔细，很轻柔。阿黄瘦了，毛发粗糙，不如在家时那么顺溜光滑了。她从衣兜里摸出两个玉米饼子，摊于手掌，示意阿黄赶紧吃。阿黄却不理会老夏婆手上香喷喷、色泽金黄的玉米饼子，它扑向老夏婆，老夏婆受不住阿黄的猛烈扑击摔倒在地上。阿黄开始撕扯老夏婆的衣服了。她知道阿黄想干什么，阿黄在村长家这几天，不但风吹日晒，而且还没有丝毫自由，吃的是残羹剩饭，如果没有残羹剩饭它只能饿着。想到阿黄所受的委屈她就停止了反抗，与阿黄比起来，她自己的处境又能好到哪里去？一个人在家里，除了蚂蚁和老鼠，她没有见到过其他生灵。她的眼泪又不由得淌下来，看到阿婆的眼泪阿黄停止了撕扯。闻声而出的村长媳妇出来，看到阿黄骑在老夏婆身上，嘴上一边说着"造孽呀造孽呀"，一边用棍子把阿黄赶走。村长媳妇是个善良的女人，她叫："姑婆、姑婆，进我屋坐一会儿吧。"老夏婆狼狈极了，哪还有脸去她家坐？她甚至都不敢看侄儿媳妇的脸。她的腰本来就弯曲，现在就佝偻得更厉害了。她抬着头，身子倚靠在村长媳妇用来打狗的那根棍子上："菊英，看在你姑的分儿上，好好帮我看顾这条狗吧。粮食不够的话我从家拿来。"

老夏婆爬上了村长家右边的那个山坡，她走得缓慢艰难，遇到陡峭的地方简直就像在地上爬。菊英一直看着她的背影，她同情孤老婆子，没有后人还做出这么羞人的事，现在更加没有人愿意照顾她了。一个年岁那么大的人，对男女之事为什么还如此上心？不可思议的是，居然是跟一条狗……如果不是亲眼所见，打死她她也不会相信。她摇摇头走进屋里。在屋外耽搁这会儿，锅里的水烧干了，灶里的火也熄灭了，她重新往锅里添水，又往灶里塞进一把稻草，火才又燃起来。

约摸过了三天，老夏婆又去了村长家，这次她背着一个背篓，背篓里有她给阿黄准备的粮食，是她才从屋后挖的土豆，煮熟了。老夏婆知道这些远远不够，但她体力有限，而且土豆也是她的主要口粮。才翻过村长家旁边那个山坡，老夏婆就看到拴在柱子上的阿黄了，她不仅看到了阿黄，还看到几只狗围着阿黄撒欢。各色的、各种体格的狗，其中有一条她认出来了，是村长家的小母狗。阿黄虽已届中年，但在那些狗当中，阿黄显得英姿勃发。被众多的母狗围着，它兴奋极了，不光是尾巴摇晃得厉害，身上的毛发也随之颤抖起来，前后脚轮换着刨地。见此情形，老夏婆悬着的心才落了地。阿黄看到老夏婆，目光在她身上停顿了一会儿，就从她身上移开了。老夏婆有些失望。从此以后，她不用管阿黄的生死了。有那么多异性伙伴陪伴，不至于寂寞，还可以顺利投入到狗流之中。阿黄也不会再被拴着了，毕竟养一条狗耗费的粮食不比养一个人少多少。那么多狗围着阿黄，老夏婆根本近不了阿黄的身，她又不愿意把煮熟的土豆再背回去。山村的狗不怕人，见到老夏婆，狗丝毫没有退让的意思，老夏婆从背篓里拿出土豆放在离狗群最近的地上。

她离开了，身上没有土豆的负累她备觉轻松，她不想知道自己辛辛苦苦背来的土豆是被阿黄吃了还是被宠着阿黄的女伴们吃了。在此时的老夏婆眼里，它们就像一群幸福的年轻人，一个饱经风霜的老妇人唯有给它们祝福。

还没掌灯，老夏婆就在床上躺着了。她换了套干净的衣服，还拢了拢散乱的白发。躺下以后，发现有一扇窗户忘关了，她又起床关了窗子。屋子里的火塘自阿黄离开后就没有再升起过，此时的家可以用"冷火湿炭"来形容。她费了很大劲才进入梦乡。兴许是老头子年岁大了，他呼唤声不再洪亮，牵引她的力道也显得不足，他俩上升的速度缓慢。当他俩的老眼终于能够对望的时候，老夏婆才彻底放松了下来。她不但放松了脚掌，手心也全摊开了。

去山里打猎的人来到老夏婆家附近，闻到了腐臭味。他疑惑地来到了老夏婆家，见老夏婆家的门关着。他察看屋内，便看到了老夏婆淌着黄水的尸体。山上历来不缺柴火，比如阿婆的家就是用木头和稻草建造的。但这些远远不够，于是村长带领村民在附近伐了些木头，好让老夏婆燃烧得更彻底些。新伐的木头，烧起来烟雾特别大，山下的人还以为山上着火了。但村民对这浓烈的烟雾感到满意。烟雾代表老夏婆给山寨带来的耻辱，这会儿，耻辱随烟雾一道去了。不是没有人想过把老夏婆葬在她家屋后，跟老夏公和他们的祖先葬在一起，但他的想法才冒头，就被大家否决了。